M. E. BRADDON

L'AMOUR ET L'ARGENT

ADAPTÉ DE L'ANGLAIS, AVEC AUTORISATION DE L'AUTEUR

PAR Mme MARIE LÉTANT

PARIS

LIBRAIRIE PLON

E. PLON, NOURRIT ET Cie, IMPRIMEURS-ÉDITEURS

RUE GARANCIÈRE, 10

—

L'AMOUR ET L'ARGENT

PARIS. TYPOGRAPHIE E. PLON, NOURRIT ET Cie, RUE GARANCIÈRE, 8.

M. E. BRADDON

L'AMOUR ET L'ARGENT

ADAPTÉ DE L'ANGLAIS, AVEC AUTORISATION DE L'AUTEUR

Par Mme Marie LÉTANT

PARIS

LIBRAIRIE PLON

E. PLON, NOURRIT ET Cie, IMPRIMEURS-ÉDITEURS

RUE GARANCIÈRE, 10

—

L'AMOUR ET L'ARGENT

CHAPITRE PREMIER

Par une après-midi douce et ensoleillée d'au-
tomne, une jeune fille lisait une lettre sur le pont
de Batterica [1], une enfant par les années, une
femme par les soucis ; ses yeux brillent d'un
éclat étrange, relevé par la pâleur mate de son
visage, la bouche, aux lèvres minces et serrées,
manque de charme. Les passants la regardaient
étonnés de la voir seule, si pauvrement habillée ;
son costume n'avait certes rien de commun, mais
quelle décrépitude ! Une robe de soie démodée,
un manteau de loutre, sur lequel la fourrure
n'existe qu'à l'état de souvenir, des gants et des

[1] Un des ponts de Londres.

1

bottines qui trahissent un long usage, mais qui laissent deviner une élégance peu commune.

Ce pont est peut-être le seul endroit de Londres où l'on puisse se promener tranquille; c'est le motif qui l'a fait choisir à notre jeune fille pour lire une lettre datée d'un endroit qui, il y a deux ans, avait été le berceau de son enfance et de ses rêves. Depuis, la pauvre enfant a acquis bien de l'expérience, trop peut-être à son point de vue : car la vie pour elle ne lui a été dévoilée que sous son aspect le plus noir.

Voici ce que disait la lettre :

MA CHÈRE SIBYL,

« Je m'empresse de vous annoncer un événement destiné selon toute apparence à exercer une heureuse influence sur notre sort à tous; c'est le retour en Angleterre, après neuf ans d'absence, d'Étienne Tranchard, le frère de votre mère, l'oncle Étienne, dont vous parliez si souvent dans votre enfance, celui dont la fortune faisait l'orgueil de sa sœur. Il revient jaune, cassé, ridé,

avec des habitudes excentriques, mais assez bien
disposé pour nous tous, je crois ; il s'est établi
à Readcastle, y tient un grand état de maison
et désire avoir ses nièces près de lui. Marie s'y
est déjà installée, passant ainsi de la misère à la
splendeur du luxe oriental. Vous n'avez sans
doute pas oublié le château de Lancastre avec
sa longue avenue ? Votre oncle y demeure, et
Marie y est tout à fait en faveur ; je l'ai rencon-
trée plusieurs fois ; elle était presque couchée
dans son landau ; c'était à faire croire qu'elle y
avait passé toute sa vie ; du reste, cela lui va
très-bien. Jenny a également répondu à l'appel
de votre oncle ; mais il l'a trouvée commune et
ignorante ; son manque d'éducation lui enlève
toute chance de réussite près de lui. Depuis la
Saint-Michel, elle suit les cours de mademoiselle
Mercier ; mais je crains fort que cela lui fasse
plus de mal que de bien, attendu qu'elle s'amuse
à bavarder avec les jeunes gens en allant et en
revenant. J'ai dîné chez Étienne Tranchard : un
vrai festin de Lucullus arrosé de vins retour de

l'Inde qui m'ont bien, ma foi, un peu trop porté
à la téte. Vous ne devez pas, ma chère enfant,
être privée des chances qu'a votre sœur ; voilà
donc ce que je vous propose : demandez un mois
de congé à madame Alleton, et venez passer les
fétes de Noël chez votre vieil oncle Robert ;
l'oncle Étienne vous invitera certainement, et
alors vous aurez dans votre jeu des cartes égales
à celles de votre sœur.

« Il vous demandera à coup sûr, à l'une ou
à l'autre, peut-être à toutes les deux, de rester
avec lui et de diriger sa maison. Il a environ un
million à laisser après lui, et vous étes toutes
les trois ses seules héritières. Vous me racon-
terez comment madame Alleton aura accueilli
votre demande ; si un mois lui paraît de trop,
contentez-vous de quinze jours, j'ai le pressentiment que vous n'y retournerez pas et que vous
en aurez fini avec l'enseignement.

« Votre oncle dévoué,

« R. FAUTHORPE. »

L'enseignement! se dit la jeune femme, —
il ignore bien ce que j'ai eu à supporter depuis!

La lettre portait cette suscription :

« Mademoiselle Fauthorpe, chez madame
Alleton, 19, Lowther street ».

Elle avait été mise sous une seconde enveloppe par une modeste amie de mademoiselle
Fauthorpe, et l'adresse nouvelle était :

« Madame Stanmore, chez madame Bonny,
11, Dixon street. »

Il était évident que la destinataire avait déchu.
Comment mademoiselle Fauthorpe était-elle devenue madame Stanmore, sans que son oncle en
eût été informé? Le mariage est un fait qui ne
peut passer inaperçu même dans la vie la plus
facile.

— Alors, — se dit Sibyl en mettant la lettre
dans sa poche, — Marie s'étale dans un landau,
quand je n'ai aux pieds que des souliers percés.
Moi qui me flattais d'être la plus belle, la plus
intelligente, je n'ose même plus me montrer à
Readcastle, au risque même de perdre quelques

millions! Mais qui pouvait s'attendre à ce retour?
Cet oncle n'était plus qu'une fiction pour Marie
et pour moi; nous nous disions parfois qu'il
avait dû épouser une princesse indienne, en
secret, et qu'il laisserait sa fortune à ses enfants
créoles.

Elle quitta le pont, après un moment de réflexion, et s'engagea dans une rue sombre et
étroite.

— Que dirai-je à l'oncle Robert? se deman-
dait-elle; il peut aller me chercher chez madame
Alleton; il doit maintenant avoir de l'argent,
lui qui était autrefois si souvent poursuivi!

L'oncle Étienne pouvait lui-même venir; ces
Anglo-Indiens ont une activité si fébrile! Alors
que faire?

Tout entière livrée à ses réflexions plus ou
moins décourageantes, elle fit l'acquisition d'un
piètre morceau de morue et d'un pain de ménage; en emportant le tout, elle se disait : « Si
Marie me voyait en pareil équipage! Elle qui me
reprochait mon orgueil et se disait la Cendrillon

de la maison ! Elle n'est jamais descendue si bas !

Elle arrive enfin devant une humble maison de Dixon street ; madame Bonny, la maîtresse de céans, est à son poste et répond à la jeune femme, qui lui recommande d'une voix bien douce son morceau de merluche à faire cuire.

— Mettez-le sur la table ; j'irai le prendre quand j'aurai le temps ; mais je doute que ce soit prêt pour six heures ; mon feu ne marche pas.

Madame Stanmore ne répondit pas, gagna l'escalier où l'on entendait les ébats des souris, et arriva à son logement, une grande pièce à trois fenêtres, garnie d'un mobilier vieux et délabré, comme la maison, du reste ; un bon feu de charbon donne un peu de gaieté à tout cet ensemble qui sent la gêne, et où bien des misères sent venues s'abriter.

A genoux devant le feu pour préparer le thé, la jeune femme se laissa aller à des rêveries :

— Voilà donc, — pensait-elle, — les jeux de la fortune et du hasard ! L'oncle Étienne revenu

plus riche que nous n'aurions pu l'espérer, et
Marie jouissant de tous les avantages de la
richesse ! Marie que je plaignais tant quand j'ai
quitté Readcastle ! Si elle me voyait maintenant,
c'est elle qui me trouverait digne de pitié ! Pourquoi ne m'a-t-elle pas fait part de ce changement
à vue ? Il est vrai que je n'ai pas répondu à sa
dernière lettre ; mais toutes ses missives étaient
d'une banalité insupportable.

A ce moment, un pas lourd et lent résonne
dans le vestibule et la porte s'ouvre ; c'est bien
le pas de quelqu'un qui n'apporte aucune gaieté
avec lui, et qui n'espère pas en trouver à son
foyer.

— Toujours à songer près du feu ? — dit
d'une voix presque aigre un homme encore
jeune, en jetant son paletot râpé sur une chaise
et en se laissant aller sur un fauteuil. — Vous
n'avez rien de nouveau à m'apprendre ?

— Et vous ? — répond-elle ; — toujours autant de chance, n'est-ce pas ?

— La roue de la fortune est d'une obstina-

tion incroyable, et la malechance me poursuit
sans pitié : les amis à la porte desquels je suis
allé frapper étaient sortis ; une place que je poursuivais est donnée ; j'ai fait une démarche près
d'une société œnophile qui demandait un cour-
tier, le patron m'a toisé des pieds à la tête avec
une impertinence sans pareille, et m'a demandé
si c'était dans cet accoutrement que j'espérais
réussir ; je lui ai répondu que j'avais d'excel-
lentes relations. — « C'est possible, m'a-t-il répondu ; mais je doute fort que vous les fréquen-
tiez ; il nous faut des jeunes gens qui payent de
mine et aient de l'extérieur. »

— Aujourd'hui comme hier, alors, le résultat
de vos efforts est... rien ?

Il y avait à peine un an qu'elle avait com-
mencé ce poëme ; alors, il était tout pour elle, et
aujourd'hui elle n'a même plus pour lui un
regard de sympathique tendresse ; son découragement l'a laissée indifférente ; mais alors c'était
un fiancé, et aujourd'hui c'est un mari.

— Le mot *rien* résume effectivement ma situation ! — dit Alexis Secretan, qui dissimulait sa misère sous un faux nom, de même que sa femme avait caché son mariage sous une fausse adresse. Sibyl, je n'ai rien mangé depuis huit heures, et j'ai beaucoup couru.

— Madame Bonny vous prépare un peu de merluche.

— Nous faisons décidément aussi bien que les catholiques fervents ; toujours du maigre ; avant-hier des merlans, hier des harengs, aujourd'hui de la morue.

— Le poisson est meilleur marché que la viande.

— C'est possible ; mais le poisson salé altère et la bière se paye ; quoique cela, la merluche sera la bienvenue.

Sibyl verse du thé à son mari, mais d'un air si fatigué que celui-ci lui dit :

— Vous êtes effroyablement pâle, ma chère enfant ; vous ne mangez pas, cela m'inquiète ! j'aurais dû vous rapporter un peu de gibier, une friandise quelconque.

— Le dîner le plus fin ne saurait me tenter; n'ayez aucun regret à ce sujet, je désire une toute autre chose.

— Quoi donc?

— Il me faudrait dix livres.

— Dix livres! mais c'est ce qui nous manque toujours depuis notre lune de miel!

— Ne me parlez pas de notre lune de miel; je suis folle rien qu'à penser que nous avons, en six semaines, gaspillé l'argent qui aurait pu nous rendre la vie si douce pendant un an.

— Ce n'était certes pas très-raisonnable! — répondit Alexis avec son flegme habituel, — mais vous n'aviez jamais vu Paris; et Paris, au mois d'avril, avec la femme que l'on aime, c'est le paradis.

— Ce serait à croire que vous en avez fait plusieurs fois l'expérience!

— Oh, la méchante enfant! Vous rappelez-vous nos longues promenades au bois de Boulogne, autour de la cascade, par des nuits lumineuses? Que l'avenir me soit favorable, et nous recommencerons une seconde lune de miel par un voyage à Paris!

Sibyl se rapproche de son mari et lui murmure quelques mots à l'oreille.

— Je n'y avais pas encore pensé! — s'écrie-t-il. — Oui, il faut songer à ce petit mendiant qui va faire son entrée dans le monde. Quant à vos dix livres, vous les aurez coûte que coûte, Sibyl, devrais-je les demander à Étienne Tranchard, mon ennemi personnel.

Il avait pris la taille de sa femme et avait ressenti la commotion qu'elle avait éprouvée à cet appel.

— Ne craignez rien! —ajouta-t-il; — ce n'est qu'une allusion; je n'ai jamais vu Étienne Tranchard; quant à lui demander quoi que ce soit, cela est d'autant plus invraisemblable qu'il habite, je crois, Calcutta?

— Il aurait pu revenir en Angleterre sans que vous vous en doutiez.

— Assurément, car on ne le connaît pas

dans le monde; je ne sais qu'une seule chose,
c'est qu'il m'a fait un tort considérable avant
ma naissance.

— Ce qui fait que vous avez appris à le haïr
en apprenant à vivre?

— Mais oui, je sais que c'est un fourbe,
pour lequel j'ai une haine implacable; je hais
la fausseté et la bassesse, et Tranchard est un
ver rongeur, un serpent sous une forme humaine; il a volé la fortune de mon père; il lui
a même volé le cœur de celle qu'il aimait;
toutes ses actions n'ont eu comme témoin que
l'ombre; c'est le mystère incarné. A mon
père, il montrait toujours un visage souriant,
lui serrant la main comme à un ami. Si mon
père eût pu le démasquer, il serait tombé fou-
droyé.

Alexis s'était levé; il marchait précipitamment dans la petite chambre; sa haine pour
l'ennemi de son père s'était réveillée. Sibyl
l'observait; elle en conclut qu'il lui serait bien
difficile, peut-être impossible de concilier son

amour avec ses devoirs, surtout avec l'ambition qui la dévorait de participer à la fortune
de son oncle.

CHAPITRE II

Dix livres sterling! comment se les procurer?
La solution est embarrassante, surtout après
avoir mis à contribution bien souvent, trop souvent, les amis généreux.

On était en décembre, une matinée froide et
sombre, avec un vent d'est; la neige a blanchi
les toits pittoresques du Chelsea; le ciel est gris,
et il est évident que la neige va tomber en flo-
cons serrés. Sibyl est toujours couchée. Que
gagnerait-elle à se lever plus tôt? Pouvait-elle
espérer quelque distraction? Non! mieux valait
le repos matinal. Alexis était parti, lui, malgré
le vent, malgré la neige; il cherchait où trouver

ces dix livres sterling; mais à qui les emprunter?
Il avait épuisé toutes les recommandations; s'il
eût été seul, il n'aurait certes pas quémandé de
la sorte; il eût préféré émigrer; la pauvreté
n'est pas un crime, après tout; on peut être
pauvre et porter la tête bien haut; gagner sa
vie à la sueur de son front, ce n'est qu'un titre
de noblesse. Mais sa femme? Bien des fois déjà
il lui a fallu faire face aux exigences du moment
pour lui éviter les conséquences d'une misère
trop visible cependant; devant elle il est calme,
mais, une fois seul, il n'y a plus que tempête
dans son cœur.

Alexis avait été favorisé par la nature : un
visage agréable, une taille élégante, une voix
bien timbrée, un beau regard, une intelligence
vive; il avait certes tout ce qu'il fallait pour soutenir dignement l'assaut contre la vie. Mais il
était prodigue et pauvre!

Son père avait été un déshérité; la fortune
particulière de sa mère avait suffi à tous les be-
soins. A dix-sept ans, grâce à l'influence de son

père, il avait obtenu un grade d'officier dans un
régiment de parade ; quelques actes de courage
lui avaient valu le grade de capitaine. Mais à ce
moment, tout était épuisé ; les parents étaient
morts et la fortune dépensée ; il ne lui restait plus
que des dettes. Il vendit son brevet, vécut du
produit pendant un an, puis finalement se trouva
avec rien.

Il marche toujours, repassant dans sa mémoire tous les noms de ses amis, les anciens,
les nouveaux ; mais ils sont aussi pauvres que
lui ; il n'a plus qu'à s'adresser à tante Louise.
Celle-ci a pour mari M. Gorsuch, un avocat en
renom, membre du Parlement, un égoïste ; mais
Alexis se dit que la sœur de sa mère ne peut
qu'être bonne, et n'eût-elle qu'une corde sensible, il la ferait vibrer.

Tout en agitant ces questions, il arrivait à
Grosvenor place, le quartier élégant, où M. et
madame Gorsuch habitaient un fort bel appar-
tement, tenu avec une simplicité remarquable ;
la dame de céans était une prétresse de l'éco-

nomie ; et cependant, dans la saison, elle donnait trois grands dîners.

Alexis, qui comprend que sa toilette n'est pas ce qu'elle devrait être, évite de parler de sa parenté au laquais qui vient lui demander sa carte ; il se contente de donner son nom :
Alexis Secretan.

Un moment après, madame Gorsuch, une femme sèche et grêle, aux cheveux gris, fit son apparition :

— Quel changement, mon ami, juste ciel ! — s'écria-t-elle, tandis qu'Alexis paraissait s'apercevoir qu'elle se passerait bien de sa visite.

— Vous voyez sur moi le sceau fatal de la misère ; j'ai pensé que vous ne me refuseriez pas votre pitié aux jours du malheur, surtout en songeant à la sympathie que vous m'avez témoignée aux jours de la prospérité.

— Avant de parler de pitié, dites-moi donc comment vous avez pu tomber dans un pareil dénûment ? — fit la dame avec un regard dédaigneux.

— C'est qu'après avoir mangé ma fortune, je n'ai pas encore trouvé le moyen de la refaire ! — riposta Alexis d'un ton dégagé.

— De la refaire ? — reprit tante Louise avec moquerie. — Vous n'êtes pas le premier de votre race qui soit tombé dans la pauvreté par sa faute sans savoir gagner son pain ! Ma pauvre sœur le savait bien ; son mariage a été le commencement de ses épreuves.

— Ma mère ! mais j'atteste par tout ce qu'il y a de sacré que son union avec mon père a été des plus heureuses.

— Quelle était sa condition dans le monde ? quel rôle y avait-elle ? Son sort ne peut, je crois, être comparé au mien.

— Sans doute ; vous habitez le quartier aristocratique ; vous avez pour voisins des comtes, des ducs, que sais-je, moi ? Votre état de maison est celui d'une grande dame. Ma mère n'a eu qu'une vie toute simple ; elle n'avait qu'une seule bonne qui la servait avec le plus entier dévouement ; la société de quelques amis fidèles lui suffisait. Un rôle dans la société, elle n'en a jamais eu aucun, il est vrai ; mais si l'on mettait en compte les jours de bonheur, l'avantage serait de son côté.

Madame Gorsuch l'écoutait à peine et elle l'entendit encore moins.

— Vous n'avez pas dit, j'aime à le croire, au valet de chambre que vous étiez mon neveu ?

— J'ai trop de discrétion et de savoir-vivre pour cela ; mais je ne dois pas vous imposer plus longtemps ma personne ; je vais droit au but de ma visite ; je viens vous emprunter dix livres sterling. Si la fortune cesse de me tenir rigueur, je vous les rendrai au centuple ; sinon, ce prêt viendra augmenter ma dette de reconnaissance pour vous. Ce n'est pas pour moi que je vous demande aide et assistance, mais bien pour ma femme qui va devenir mère !

— Comment ! vous avez eu l'imprudence d'enchaîner à votre sort une malheureuse créature ? — s'écria madame Gorsuch.

— Nous avons pris la liberté d'unir nos

deux misères; et si la déveine nous poursuit, le même fourneau servira à nous asphyxier tous les deux.

— Quelle horreur !

— Dites-moi, ma tante, si je dois espérer le secours en question ?

— Je n'ai pas cette somme en ce moment; la position de M. Gorsuch nous impose des dépenses auxquelles nos revenus suffisent à peine; nous n'avons ni dettes ni économies, et nous n'arrivons qu'avec des prodiges d'adresse.

— Il ne vous reste rien pour venir en aide à un neveu dans le besoin?

— Absolument rien ; mais, le pourrais-je, ce prêt n'améliorerait nullement votre situation, qui resterait la même aussitôt l'argent dépensé.

— Absolument la même : car ce n'est pas pour moi que je demande cet argent, mais pour ma femme.

— Qui est-elle ?

Alexis parut ne pas avoir compris la question et continua :

— Voulez-vous me prêter cette somme?

— Je vous ai déjà dit que je ne l'avais pas, — répondit sèchement la tante, qui tira un porte-monnaie bien gonflé de sa poche, y prit un demi-souverain, et le lui présentant :

— Si cette petite pièce peut vous être utile?...

— J'en gagnerais autant en balayant les rues toute une journée; je n'accepte pas d'aumône. Adieu, ma tante, adieu! — ajouta-t-il en sortant fièrement.

Pour elle, elle n'avait qu'une seule crainte, c'est que le valet de chambre eût pu les entendre, mais pas l'ombre d'un remords pour avoir repoussé un parent malheureux. Ne lui avait-elle pas offert de l'argent?

CHAPITRE III

Alexis Secretan quitta Grosvenor place le cœur gros de désespoir et de colère, et cependant il ne pouvait s'en prendre qu'à lui de l'humiliation subie et à laquelle il s'était exposé volontairement.

— J'aurais dû mieux la connaître! — se disait-il; — une femme qui donne des dîners somptueux où la piquette remplace le vin, qui parle continuellement de son amie la comtesse A... la duchesse B..., qui souscrit à toutes les œuvres de charité patronnées par la noblesse, mais qui ne peut garder aucun domestique! Quand on songe que c'est la sœur de ma mère, laquelle était la charité personnifiée! Enfin! Mais où trouver une âme compatissante?... Je vais aller chez Plowden!

Ce disant, il se dirigea vers une petite maison située au bout d'Hyde-Park, et monta au premier, dans une petite chambre où se trouvait un jeune homme occupé à colorier une carte de géographie.

— Le capitaine Secretan! — s'écria-t-il. — Est-ce possible?

— Très-possible, car c'est bien moi! — ré-

pondit Alexis, en tendant la main au jeune des-
sinateur, qui la lui serra avec cordialité, tout en
laissant tomber son pinceau sur son travail.
— Mais, mon cher, enlevez donc vite ce pinceau ; je m'en voudrais d'avoir pu compromettre
une de vos cartes.

— Je suis si heureux de vous voir ! Je craignais que vous ne m'eussiez oublié pour toujours, soit comme ami, soit comme locataire.
— Puis, tout en tisonnant, il ajouta : — Vous
paraissez ne pas avoir réussi depuis que nous
nous sommes vus ? Vous semblez être...

— Pauvre, n'est-ce pas ? La pauvreté est un
mal difficile à dissimuler ; mais, avant toute
autre question, je tiens à vous apprendre le vrai
but de ma visite, si pénible que ce soit ; je viens
solliciter votre générosité.

— Je ferai pour vous tout ce qui sera en
mon pouvoir ! — répondit Richard du ton le plus
sympathique. — Ma mère a toujours eu à se
louer de vous ; et bien peu de jeunes gens de
votre rang eussent condescendu à faire un ami

d'un pauvre malheureux peintre comme moi.

Ce disant, le jeune homme s'était levé, avait sorti différentes victuailles d'un buffet, et installé le tout sur la table, au lieu et place de ses cartes et de ses pinceaux. Et les deux jeunes gens s'attablèrent.

— Allons, capitaine, faites honneur à mon déjeuner improvisé; nous allons causer. Vous rappelez-vous nos dissertations sur Shakespeare? A propos, croiriez-vous que j'ai eu l'audace d'écrire un livre?

— Un livre! un commentaire de Shakespeare?

— Mon ambition ne va pas si haut; j'ai simplement écrit une géographie élémentaire qui, je crois, me rapportera un peu d'argent. Ne vous faites donc aucun scrupule de m'emprunter une ou deux livres sterling.

— Mais ce n'est pas d'une ou deux livres qu'il s'agit; c'est de dix.

La physionomie de Richard se rembrunit; la somme lui paraissait énorme.

— Il va de soi que je vous payerai les intérêts au taux que vous désignerez.

Richard retira d'un petit coffret les dix livres sterling.

— J'avais mis cette somme de côté pour le prochain terme; mais j'espère que nous pourrons arriver sans cela.

Alexis n'ignorait pas que Richard et sa mère se refusaient même le nécessaire pour payer leur loyer, et il entrevoyait les privations à venir; il prit l'argent d'une main tremblante; des larmes lui vinrent aux yeux; c'étaient les premières qu'il eût versées depuis la mort de sa mère. L'émotion fut de courte durée; il quitta son ami le cœur léger, et reprit le chemin de son domicile, insouciant, sans humiliation d'avoir emprunté de l'argent à un homme qui avait été son subordonné. Cependant, sa visite à ce modeste et patient travailleur provoqua en lui une réaction salutaire et le rappella aux devoirs sérieux de la vie; il ne pouvait faire autrement que de trouver un emploi sérieux; il était apte à le remplir, et si la chance ne lui était pas favorable, il s'exilerait en Australie et s'y consacrerait à l'élevage des moutons.

A son arrivée chez lui, Sibyl le regarda avec une anxiété fiévreuse.

— Vous avez l'argent? — dit-elle, en devinant le succès dans le clair regard de son mari.

— Oui; et de tous mes amis, c'est le moins fortuné qui me l'a prêté; faites-en bon usage, car il m'en a bien coûté pour l'obtenir! Êtes-vous contente? — ajouta-t-il en lui tendant le billet de banque.

— Vous êtes bon; je vous remercie! — dit-elle à voix basse, tout en restant plongée dans une triste taciturnité, pendant que son mari lui faisait le récit de sa visite à Richard Plowden, omettant exprès la visite à sa tante.

Le lendemain matin, Alexis retourna vers son ami pour lui demander s'il ne pourrait lui procurer quelque emploi. Richard, qui avait déjà patronné Alexis près d'un de ses oncles, direc-

teur d'une agence maritime, venait précisément
de recevoir cette réponse :

« Dites à votre ami de venir me voir de deux
à quatre, ce soir.

« SAMPSON SLOUDEN. »

L'entrevue n'eut pas d'autre résultat que l'on
penserait à lui à la première vacance, soit en
Angleterre, soit à l'étranger.

— Va pour l'Australie ! — s'écria Alexis.

— C'est une chance de plus pour vous ! —
riposta M. Plowden.

Il n'y avait là qu'une promesse, bien vague
assurément ; mais, d'après les dires de Richard,
la parole de son oncle est d'or. Il revient chez
lui vers cinq heures, bâtissant des châteaux en
Espagne, et espérant y trouver Sibyl de bonne
humeur. La chambre était vide, et dans la demi-
obscurité il voit que le couvert n'est pas mis.

— Y a-t-il longtemps que ma femme est
sortie ? — cria-t-il à madame Bonny, du haut du
palier.

— Depuis une heure de l'après-midi ! — répondit une voix revêche.

— Elle sera allée faire des emplettes; mais elle devrait déjà être rentrée ; ne vous a-t-elle pas chargée d'une commission pour moi ?

— Mais non ! elle avait à la main un sac de voyage.

— Un sac de voyage ?

— C'était peut-être pour rapporter ses achats; mais un paquet est cependant plus léger qu'un sac de voyage.

Et tout anxieux, il se livra aux premiers soins du ménage, allumant le feu. Si superficiel qu'il fût, le brillant capitaine aimait sa jeune femme d'un amour réel. Tout en se promenant dans la chambre, il aperçut une enveloppe bien en vue sur la console.

— Une lettre ! qui diable peut m'écrire ? personne ne sait mon adresse !... Mais c'est l'écriture de ma femme !

Et il lut :

« Mon cher Alexis,

« Les mauvais jours que nous venons de passer
m'ont donné la conviction qu'il eût mieux valu
que nous ne nous soyons jamais rencontrés ;
tout au moins nous aurions dû retarder notre
mariage, jusqu'au jour où nous aurions eu quelques économies. Je ne suis pour vous qu'un fardeau ; si vous étiez libre , bien des situations
vous conviendraient ; pour moi, l'enseignement
me préserverait de la pauvreté. Ne m'accusez
pas de manquer de cœur, parce que je suis lasse
de lutter, et que j'ai résolu de mettre un terme
à cette situation par un acte qui va probablement provoquer votre indignation, mais qui
sera assurément la sauvegarde de vos intérêts.
Vous n'avez jamais émis une plainte contre une
charge trop lourde, je le sais : je supprime la
charge ; sous le nom de mademoiselle Fauthorpe,
je trouverai des chances de prospérité qui me
seraient refusées sous le nom de madame Secretan. Si la fortune me sourit, comme je l'es-

père, vous pourrez encore entendre parler de
moi ; et quoi que vous puissiez penser d'une séparation que vous taxerez peut-être de désertion,
soyez assurée que je serai toujours votre femme
fidèle et dévouée.

« SYBIL. »

Il lut et relut la lettre, déchiffrant chaque
caractère, scrutant chaque mot, fouillant entre
chaque ligne. Quelle froideur ! Un vrai coup de
poignard au cœur ! Dans la misère, sa femme
avait toujours été considérée comme la moitié
de lui-même, et rien ne pouvait dans sa conduite
justifier une pareille lettre. Il la froissa et alla
de nouveau questionner madame Bonny ; celle-
ci ne put que lui répéter ce qu'elle avait dit.

— Madame Stanmore est partie à une heure
environ, un sac de voyage à la main.

— Et elle ne vous a rien dit ?

— Rien, absolument rien ! Elle m'a fait, en
passant, un signe de tête comme d'habitude.

Alexis remonta l'escalier lentement, bien

triste, le cœur serré. Une fois arrivé dans sa chambre, il chercha partout, ouvrit les tiroirs d'une commode où elle serrait ses affaires, son linge, ses toilettes.... Rien ! rien ! — Se serait-elle suicidée ? Cette lettre, ce sac ne seraient-ils qu'un stratagème pour lui épargner un soupçon ?... Mais ce serait odieux ! Il l'aimait tant ! On ne troque pas l'amour pour la fortune !...

Il ignorait que Sibyl était la nièce d'Étienne Tranchard. D'où provenait cette ignorance ? Quelques feuillets du journal de Sibyl vont nous l'apprendre.

« Lowther street, 14 novembre 186...

« Écrire un journal me paraît être une perte de temps dans le présent, et une perte d'illusion dans l'avenir. N'ayant rien de mieux à faire dans mes longues soirées d'hiver, il me faut entreprendre l'analyse de ma vie ! Dès que les enfants sont couchés, j'ai la disposition libre et entière de ma chambre d'études. J'ai lu bien

des romans, tous ceux que j'ai pu saisir ;
madame Alleton s'en est aperçue ; aussi quelle
mercuriale ! Et elle m'a interdit ce passe-temps,
en me disant :

— Rien de plus pernicieux que les romans
pour une jeune femme dans votre situation ! Ils
énervent l'esprit et ne peuvent que détourner
du droit chemin !

— Mais alors je me demandais pourquoi
madame Alleton se permettait ce qu'elle défen-
dait si sévèrement aux autres. Cette femme doit
avoir le don de lire dans la pensée de chacun ;
car elle me dit : — Quand on a les charges, les
soucis, les préoccupations d'une maison, la lecture d'un roman offre un délassement innocent ;
mais une gouvernante ne peut dissiper ainsi son
temps ; jusque dans ses loisirs, elle doit avoir
pour objectif unique : l'instruction des enfants. — Tous les livres de la bibliothèque sont
à votre disposition.

Sur quoi, madame Alleton me quitta pour
aller dîner en ville. Elle avait un riche costume

de velours grenat orné de point d'Angleterre.
Elle est encore très-belle pour son âge : quarante-
cinq ans au moins !

J'ai tort de me plaindre de mon esclavage,
car il pourrait être plus dur encore. Madame
Alleton aime un peu trop à faire des sermons,
mais elle a assez d'égards pour moi ; souvent
elle me fait descendre au salon ; elle vante
beaucoup mon talent musical ; j'en ai, paraît-il ;
quand elle est de bonne humeur, elle m'em-
mène à Hyde-Park, et je suis initiée de la sorte
aux mystères du *high-life*.

Le dimanche, je vais avec les enfants au
temple.

A tous égards je suis mieux que chez mon
oncle ; on ne vit pas chez ce pauvre vieil oncle
Robert, on y végète ; d'un bout de l'année à
l'autre, du linge à repriser, des livres à tenir,
ma sœur Jenny à instruire et à gronder, des
boutons à recoudre, etc... etc... Il n'y a jamais eu un homme pareil pour arracher ses
boutons et trouer ses chaussettes !

Quelque ennui qu'il y ait à faire répéter pendant des heures des mots anglais, français et italiens, je préfère ma situation à celle de Marie. J'ai mille francs à dépenser par an pour ma toilette; je vois beaucoup de monde, et madame Alleton se flatte de ne recevoir que l'élite de la société.

3 décembre.

Ah! quelle semaine ennuyeuse! Madame Alleton a déjà dîné quatre fois en ville, et elle a conduit les enfants au théâtre. — Je regrette, m'a-t-elle dit avec une froide politesse, qu'il n'y ait pas de place dans la loge!

Il est neuf heures; quel ennui me dévore! J'ai bien un livre, mais je le lis sans intérêt; la plume sera peut-être une arme meilleure contre l'isolement.

Quelle heureuse femme que madame Alleton! Après avoir épousé un juge dans l'Inde, elle devient veuve, trop tard pour se remarier, mais assez tôt pour avoir une foule d'admirateurs.

Ses enfants ne peuvent de longtemps la dominer;
peut-on avoir plus d'indépendance? Quel con-
traste entre son existence et la mienne? Je ne
sais pas encore ce que c'est que de vivre pour
soi, moi qui me flattais, étant tout enfant, de
faire un jour ce que je voudrais, tout ce que je
voudrais! La faute en revient peut-être en grande
partie à ceux qui, me faisant des compliments,
m'ont affirmé que j'étais une beauté; c'est la plus
fatale illusion à inspirer à une jeune fille... Non
content de cela, on me comparait toujours à
Marie, faisant prévaloir mes avantages à ses dé-
pens. A douze ans, je savais déjà que j'étais la
jolie mademoiselle Fauthorpe; à la pension, je
plaisais aux unes, je déplaisais aux autres; que
de discussions sur ma figure! Marie, froissée de
la comparaison qu'on établissait toujours, ne
croyait pas du tout à ma beauté. Finalement, je
me mis en tête que, dès que j'aurais quitté la pension, j'inspirerais une passion profonde à un
jeune homme aussi beau que riche!... J'aurais
un mariage superbe! J'aurais des demoiselles

d'honneur, des toilettes luxueuses, des équi-
pages splendides; en un mot, la vie ne devait
être pour moi qu'un conte de fées mis en réalité.
Et Cendrillon? je suivais toutes les phases de sa
vie!... Étais-je suffisamment naïve!

J'arrivais chez mon oncle, la tête pleine d'illu-
sions; que de fois même, dans la nuit, j'expli-
quais à Marie les libéralités que je ferais à tous
après mon mariage! — Et ce prince Charmant, Sibyl? me disait ma sœur avec malice,
l'attendrons-nous longtemps? Le répertoire
matrimonial est bien réduit; il n'y a que trois
jeunes gens : le jeune Taylor, le fils d'un avocat
de la localité; l'autre, M. Sacy, le fils d'un ma-
nufacturier en biscuits; puis Georges Penchard,
le carrossier! Croyez-vous donc que je voudrais
épouser un commerçant, un industriel? Nous
appartenons aux anciennes familles du comté.

De fait je suis restée deux ans chez l'oncle
Robert et deux ans chez madame Alleton en
qualité de gouvernante; et le prince Charmant
n'est pas venu! Mon miroir me montre cette

beauté si vantée et jusque-là si peu profitable : le nez droit, la lèvre supérieure très-fine ; l'inférieure est un peu épaisse ; le menton rond avec une fossette, les yeux noirs ; mais que de mauvaise humeur dans l'expression de la physionomie !

J'abandonne définitivement l'espoir d'un riche mariage, mais je fais un autre rêve... Pourquoi l'oncle Tranchard ne reviendrait-il pas en Angleterre ? Pourquoi ne ferait-il pas de moi sa légataire universelle ? Ces choses-là ne sont pas impossibles !

13 décembre.

Il vient de m'arriver une chose extraordinaire, inattendue. En y pensant, mon cœur bat si vite que j'ai peine à respirer en écrivant ces lignes... ma main tremble ! j'ai le vertige ! J'ai vu, de mes yeux vu, le fils de Philippe Secretan, l'ennemi mortel de mon oncle Étienne, cet oncle qui sut si bien se faufiler dans les bonnes grâces du banquier dont il était le caissier; au

point de supplanter le fils, non-seulement dans
la fortune, mais même dans l'affection du père.
Ma mère me parlait toujours de son frère sous
un jour favorable. La fortune que lui avait laissée
M. Secretan n'était, à l'entendre, qu'une juste
récompense de son zèle et de son dévouement;
en déshéritant le fils, il n'avait fait que lui infliger une punition toute naturelle contre sa pro-
digalité et son imprévoyance. Quant à moi,
toutes mes sympathies étaient acquises à cet
infortuné Secretan, frustré par un commis intrigant.

Une fois, j'ai questionné ma mère sur ce personnage; elle m'a répondu qu'elle ne l'avait
jamais rencontré qu'une fois, que c'était un gentleman accompli. J'ai vu son fils, le capitaine
Secretan, à une soirée chez madame Alleton; il
est de grande taille, a une belle prestance; c'est
un bel homme : Achille ne devait pas être
mieux.

Au déjeuner, madame Alleton a parlé du capitaine Secretan : il doit vendre son brevet et il

serait bien à souhaiter qu'un riche parent lui vînt en aide ; mais en pareille occurrence les familles sont généralement peu aimables.

30 décembre.

J'ai revu plusieurs fois le capitaine chez madame Alleton, au parc, en promenant les enfants, puis à la poste, où j'étais allée seule. Il me demanda, après un salut des plus gracieux, si j'allais souvent au parc, à quelle heure. Je lui dis entre trois et quatre. Oh! j'en ai honte! J'allai même jusqu'à lui dire que je mettais mes lettres à la poste entre quatre et six. Ai-je été assez faible? Qu'il est bon! Il me semble que nous nous connaissons à fond, et, cependant, nous nous sommes si peu vus!

Évidemment le nom de Fauthorpe n'éveille aucun souvenir dans son esprit : c'est tout naturel, ma mère ne s'étant mariée que quelques années après la mort de M. Secretan. Je voudrais bien connaître tous les détails de cette histoire ; je n'en ai qu'une vague idée ; je ne sais

qu'une seule chose, c'est que, bien que Philippe
Secretan ait été déshérité, mon oncle Étienne lui
en a toujours voulu, tout autant que si les rôles
eussent été intervertis.

Le capitaine m'a raconté toute l'histoire de
sa vie, son heureuse jeunesse passée à l'étranger
avec un père et une mère qu'il adorait, son
entrée à Woolwich en sortant de l'université
d'Heidelberg, puis son entrée au régiment à
vingt ans. Cinq ans plus tard, il vendait son
brevet! Aujourd'hui, il ne lui reste plus qu'à
chercher une autre carrière; avec son intelligence, il ne pourra que réussir.

Combien mes promenades me paraissent plus
agréables depuis que j'ai la chance de le ren-
contrer! Dès que je l'aperçois, j'oublie tout, et
la nature paraît s'embellir. Hier, il m'a dit que,
sans la perfidie d'un ami, son père aurait été
riche! Quel coup! Un frisson m'a saisie : « Mon
père, m'a-t-il dit, m'a appris à mépriser cet
homme, et il m'a fait jurer contre lui une ini-
mitié éternelle. »

Cependant il est bon et bienveillant. Quel caractère ! c'est un rayon de soleil ! il donne la confiance aux esprits les plus moroses, et ma vie est transformée depuis que je le connais. Les enfants en raffolent ; il leur dit des contes de fées ; c'est un narrateur élégant qui fait éclater les rires. Les enfants sont allés hier à une matinée à Drury-Lane : madame Alleton m'avait informée gracieusement que j'avais le libre emploi de ma journée ; mais, hélas ! dans ma disposition d'esprit, la liberté n'était qu'une illusion.

Je me mets à travailler ; mais je songe toujours au capitaine Secretan ; je m'en veux même, car il est intelligent, capable, il a l'avenir devant lui ; il ne peut faire qu'un beau mariage, un mariage de fortune ; une pauvrette comme moi ne peut pas l'occuper. Il sait bien, j'en suis persuadée, que je ne serai jamais sa maîtresse. Décidément, il vaut mieux renoncer à le voir ; il faut que je le lui dise ! ! !...

Je viens de sortir pour aller jeter une lettre à

la poste. Quelle rencontre! c'est lui! Après les
saluts d'usage, il me confie qu'il a à me parler,
et me demande un moment d'entretien. Accepter? le dois-je? Son ton est si suppliant! J'accepte, et je reste stupéfaite en entendant cette
question :

— Voulez-vous être ma femme? Puis il ajouta :
— Je dois vous dire que je ne suis pas riche, loin
de là.

Que répondre? Le cas était embarrassant;
il m'avait fait confidence de ses pensées sur ma
situation plus que précaire, sur mon manque de
fortune. Lui aussi n'avait rien, à peine un domicile : « Mes sœurs et moi, disait-il, nous vivons
chez l'un de nos oncles, un médecin de campagne qui a bien de la peine à joindre les deux
bouts ».

Non! il faut absolument qu'il sache que je ne
puis pas être sa femme : je suis trop pauvre!

« Bonsoir, capitaine, lui dis-je.

— Adieu! je pars pour un mois! »

Il me parut qu'il parlait d'un siècle! Je lui

offris la main, qu'il prit, — oh! quel regard!
— et qu'il serra longuement.

Puis je rentrai; je n'avais pas répondu. Je ne
sais pas si je l'aime; je le hais peut-être? Et
cependant son image ne quitte pas mes yeux.
Oh! ce doit être de la haine! Il me traite de
pauvre enfant! La rougeur me monte au visage
en y pensant!

14 janvier.

Janvier! quel mois triste! La neige nous
entoure, une neige durcie par la gelée sous un
beau ciel bleu. Dans toutes nos promenades,
il est là! toujours là! son absence n'a duré que
quatre jours! Pourquoi? M'aimerait-il? Je ne
sais pas encore si je l'aime, moi! Et cependant,
si j'interroge mon cœur.....

16 janvier.

Oui, je l'aime, je l'aime! Quelle soirée délicieuse je viens de passer! J'ai chanté pour lui,
joué pour lui. Comme il m'écoutait! Et cependant je me demande toujours s'il m'aime.

3 février.

C'est le jour définitif; il m'a renouvelé sa
demande. Oh! qu'il y avait de sentiment vrai
dans sa voix! Il m'aime!... Il n'aura pour lui
que sa jeunesse, sa santé et sa volonté, qui sera
décuplée par une femme aimée.

J'ai répondu oui... sans peine... Comment
résister à cette voix qui me paraît la plus har-
monieuse des musiques?

Il voulait mettre immédiatement madame
Alleton dans la confidence. Non, non, il vaut
mieux attendre.

8 février.

Étienne Tranchard peut vivre jusqu'à l'âge
de Mathusalem, et laisser sa fortune à un établis-
sement de bienfaisance. Mais pourquoi sacrifier
ma jeunesse et mon amour?

11 février.

Hier je l'ai vu! tout est convenu; demain je
préviendrai madame Alleton que je la quitte

dans un mois. Je suis si agitée que j'ai peine à écrire! Notre mariage sera secret, pas d'annonces; de la sorte l'oncle Étienne ne saura rien; et s'il meurt dans l'Inde, ce qui n'est pas impossible, je conserverai ma part dans la succession.

Quant à l'oncle Robert, il est si calme et si facile à satisfaire! Il ne demandera plus rien dès que je lui dirai que je suis contente de ma position; d'ailleurs il ne connaît personne à Londres... La pauvreté vous isole tant! .

— Je viens de prier le capitaine de ne rien dire encore à madame Alleton; j'éprouve un sentiment terrible quand il me serre la main. Je ne puis pas oublier que son père lui a inoculé la haine contre mon oncle Tranchard, celui dont je puis attendre une grande fortune.

Si j'épouse Alexis Secretan, c'en est fait de cet espoir. Il me faut choisir entre Alexis et la fortune; quelle alternative! Demain, je parlerai à Alexis! Nous attendrons.

3.

5 mars.

Pourquoi parler raison à un homme qui ne connaît que ses désirs? Il m'a dit que si je l'aimais comme il m'aime, je n'aurais pas le courage de lui proposer le sacrifice de plusieurs années de bonheur. Je n'ai pas mieux réussi en lui parlant d'un mariage fait avec le consentement de parents riches qui peuvent me déshériter. L'amour n'est qu'un cyclone, une tempête qui emporte tout. Allons, c'en est fait, je ne dois plus le revoir!

7 mars.

Je l'ai revu. Pauvre Alexis! il paraît si malheureux! Oh! je suis heureuse de sentir le pouvoir que j'exerce sur lui; il y a deux mois, je le croyais bien au-dessus de moi.

11 mars.

C'est demain le jour de mon mariage; tout mon avenir dépend de là. Que faut-il craindre ou espérer? Je n'aurai près de moi ni parents ni amis!

Demain! demain, je ne serai plus Sibyl Fauthorpe, mais bien madame, — madame!... — Secretan; et c'est un nom que ne peut pas entendre mon oncle Étienne Tranchard! »

CHAPITRE IV

Readcastle est une ancienne ville, sans industrie, ayant une église que l'on peut appeler un bijou, un marché luxueux dont les habitants s'enorgueillissent. La maison la plus importante est occupée par le colonel Stormond, installé là avec sa femme, un fils et deux filles, depuis sa mise en disponibilité. Le colonel est le gros bonnet de l'endroit. Chaque mot qu'il prononce vaut un oracle, et, pour peu que l'on fût en froid avec le colonel, il valait mieux abandonner la localité, de même qu'Ovide fut exilé de Rome et Dante de Florence.

Une autre belle maison était occupée par un constructeur de navires, M. Martin Spicke, dont le souvenir ne s'est perpétué que par le peu de bien qu'il a fait.

Puis il y avait le médecin, le ministre, un avocat et quelques familles aristocratiques. Le médecin? Robert Fauthorpe. Il occupait bien peu de place; on le saluait d'un air froid et dédaigneux. L'aristocratie de Readcastle ne trouvait pas digne d'elle cet homme excellent qui donnait bien souvent à ses malades pauvres de l'argent pour solder ses ordonnances. Il habitait une maison bien modeste à l'extrémité d'un faubourg, cultivait lui-même son jardin. Il prisait, — son seul luxe et peut-être sa seule consolation ! — Non, la haute société de Readcastle ne pouvait le considérer comme un des siens; et cependant, cet honnête homme avait trouvé moyen d'adopter trois nièces, trois orphelines dont le père était mort depuis dix ans. Mais l'aristocratie du pays ne pouvait pas comprendre la charité qui n'est pas de l'ostentation. Lui, vivait, allait son droit chemin, s'inquiétant peu de ce que pensait le pauvre monde qui l'entourait. Il faisait le bien largement, selon son cœur, selon son âme ; cela lui suffisait.

Les quelques instants que lui laissaient ses malades et les disputes quotidiennes de ses deux nièces, Marie et Jenny, il les employait à cultiver ses fleurs ou à prendre le frais sur une terrasse qui dominait la route, et d'où il pouvait apercevoir les voitures publiques.

Un jour qu'il se reposait calme, après plusieurs courses fatigantes, une voiture vint s'arrêter à la porte, et une jeune femme en descendit, avec un petit sac de voyage à la main. C'était Sibyl! C'est à peine s'il la reconnut.

— Ah! chère enfant, que vous êtes changée! Vous me faites de la peine! — s'écria-t-il en la serrant dans ses bras.

— Depuis quelque temps, j'ai eu beaucoup de fatigues qui vont se passer sous votre toit hos-

pitalier, que je considère, grâce à vos bontés,
comme un toit paternel.

— Quel bonheur d'être enfin chez soi! — con-
tinua-t-elle. Ce à quoi Marie, toujours disposée
à profaner sa jolie bouche par une parole désagréable répondit :

— Quand on aime tant son chez soi, on ne
le quitte pas si longtemps!

— Quand on est chez les autres, on n'a plus
son libre arbitre.

— Tu as vraiment alors bien changé ; car,
autrefois, la volonté des autres était ton dernier
souci! — riposta l'autre. — Tes bagages vont-
ils arriver bientôt?

— Mais ils sont ici !

— Quoi! rien qu'un sac de nuit?

— Oui! — répondit Sibyl en rougissant.

— Mais tes toilettes, ton linge, où les mets-
tu donc?

— Je n'ai pas d'autres toilettes que cette
robe.

— Et moi qui comptais sur toi pour avoir

les nouvelles modes ! Elles paraissent, n'est-il pas
vrai, au commencement de mai ?

— Quelle bonne couturière tu aurais faite ! —
répondit Sybil avec une froide ironie.

Le docteur, très-habitué à ces petites discussions, écoutait avec indifférence ; le retour de sa
belle nièce lui suffisait pour son bonheur. Il
entendait sa voix mélodieuse ; il avait son charmant visage devant les yeux ; elle était si co-
quette et ses manières étaient si gentilles et si
félines !

— Votre retour me rend heureux ! — disait-
il ; — il y a même une raison majeure : il ne faut
pas indisposer votre oncle Tranchard contre
vous, ma chère enfant, et il vous faudra aller le
voir dès demain.

— Pas avec cette méchante robe ! s'écria sa
sœur.

— Eh bien, vous lui en prêterez une ! —
riposta l'oncle Robert.

— Mais je suis beaucoup plus grande qu'elle !

— Un pli fera la différence ! Sybil, je vais

vous préparer un tonique que vous prendrez
dès ce soir; votre pâleur m'effraye.

— Je le veux bien, mon oncle; mais le meilleur tonique pour moi, c'est de me retrouver chez
vous.

— Voilà qui est très-gentil! Mais je suis convaincu que l'oncle Tranchard vous invitera à
passer quelque temps chez lui; vous y serez
mieux qu'ici. Marie y est restée trois mois.
Pour moi, je ne le vois plus que de loin en
loin. Mais il faut aller vous reposer; il est
tard.

Sybil retrouva la petite chambre où autrefois elle dormait d'un sommeil si calme; c'étaient
le même papier, les mêmes meubles, le même lit.
La vue de tout cela lui causait une douce impression; c'était un baume pour les blessures de
son cœur. Nonchalamment, émue par le souvenir du passé, elle commence sa toilette de nuit,
et ses cheveux se déroulent en une belle nappe
sur ses épaules nues.

— Comme tu es maigre! — s'écria Marie.

— Ce sera une ressemblance de plus entre nous !

Sur cette riposte assez ironique, Marie s'empresse de cacher la vérité en déroulant elle-même sa chevelure blonde qui l'inonde comme une nappe d'or. C'est qu'elle était très-fière de ses cheveux ondulés, de sa taille mince comme celle d'une demoiselle des champs, de ses pieds étroits et bien cambrés, de ses deux mains blanches et effilées, de ses dents de nacre, de ses sourcils d'ébène ; mais là s'arrêtait la perfection, et encore, que de préparatifs avait-il fallu !

— Puisque tu n'as rien à me montrer, moi je vais te montrer mes toilettes ! — dit-elle avec un certain air d'orgueil. Il fallait bien se venger un peu de la défaite de tout à l'heure ! — Tiens ! ajouta-t-elle, en étalant une superbe robe de faille, voilà la toilette que j'avais chez les Stormond !

— Chez les Stormond ?

— Mais oui, j'y ai été invitée à dîner avec l'oncle Tranchard.

— C'est son or que tu mets à profit!

— Assurément! Il m'a donné quarante livres! Mais quand il tire son porte-monnaie, ce serait à croire qu'on va l'amputer d'un membre.

— Mais penses-tu qu'il ait l'intention de nous laisser sa fortune? — demanda Sibyl d'un ton subitement inquiet.

— Il ne peut la laisser qu'à nous ou à des établissements de bienfaisance.

— Nous devons nous assurer cette fortune, Maria! Il le faut! il le faut! — répéta Sibyl, dont les yeux étincelèrent.

Bientôt les deux sœurs étaient couchées; Sibyl, accablée par la fatigue, s'endort bien vite; la contagion somnifère entraîne Maria, qui eût été bien étonnée si elle eût pu entendre sa sœur murmurer des mots entrecoupés tels que ceux-ci: « Alex... Alex... ne soyez pas cruel... pardonnez... C'est pour vous, plus encore que pour moi. »

CHAPITRE V

M. Tranchard se promenait dans son jardin, tenu avec une propreté méticuleuse et un soin exceptionnel, sous sa surveillance directe, par six jardiniers émérites, presque dressés par lui. Il est de moyenne taille, avec un œil d'aigle, des traits heurtés et fins, la bouche serrée, les sourcils épais et grisonnants, le front étroit, les cheveux coupés en brosse. Après avoir fait une fortune considérable, il est venu, pour en jouir, se fixer dans le village natal de son père, où il a décoré princièrement une des plus belles maisons de l'endroit. Ah! l'argent est une puissance qui vous donne souvent une noblesse plus grande que le nom le plus nobiliaire et le plus antique! Aussi sa maison réunit-elle tout ce qu'il y a de plus fashionable dans Readcastle et les environs; et sans avoir aucune aristocratie dans les manières, il reçoit du reste assez bien, assez élégamment ses visiteurs.

Par les Stormond, il avait appris que Sibyl était une femme spirituelle et belle, et il se disait bien souvent qu'il fallait avoir un caractère bien étrange pour s'obstiner à rester institutrice, ayant un oncle archimillionnaire qui offrait sa maison et sa bourse. Certes, Maria ne se serait pas tant fait prier! Pour lui, Sibyl était une énigme. Mais comment l'expliquer? Question bien embarrassante, mais qui lui assurait un avantage réel et vrai.

C'est ainsi qu'il réfléchissait, lorsque la cloche de la grille se fit entendre avec fracas. Un moment après, deux jeunes femmes s'avançaient vers lui. Dans l'une il reconnaît Maria, qui se met à courir; l'autre marchait toujours avec calme et dignité.

— Bonjour, mon cher oncle Étienne! — s'écria Maria essoufflée; — Sibyl nous est arrivée hier; j'ai pensé que je pouvais me permettre de vous l'amener.

— Vous permettre de l'amener? Mais, depuis
Noël, je ne cesse de la réclamer! Vous voilà donc
enfin, ma chère enfant? — ajouta-t-il en prenant
les deux mains de la jeune femme. Puis, en lui-
même, il pense : — Qu'elle est belle! — Il est
tout à fait ébloui. — Méchante enfant! — conti-
nue-t-il d'un ton qu'il veut rendre grondeur,
mais qui ne dénote qu'une profonde tendresse,
— vous vous êtes bien fait attendre!

Puis il lui ouvre les bras avec une effusion
toute paternelle; elle s'y précipite avec reconnaissance. Le règne de Maria était bien fini, et
elle le comprend bien. Quel dépit! Mais qu'est
donc la destinée? Assurément elle ne peut pas
douter de l'impression favorable produite par
Sibyl. Elle en acquit la conviction dans la
journée; Sibyl eut toutes les bonnes grâces de
l'oncle Étienne, à son avantage exclusif; et le
soir, quand les deux jeunes filles rentrèrent chez
elles, Maria ne put s'empêcher de témoigner
son mécontentement par des observations plus
ou moins amères; elle eut même quelques allu-

sions assez mordantes, mais qui ne produisirent aucun effet. Sibyl n'y répondit que d'une manière très-vague.

Dès le lendemain, Sibyl s'occupa de sa toilette. L'oncle Tranchard lui avait remis quarante livres; elle lui avait demandé huit jours seulement pour se représenter chez lui d'une façon convenable. Le délai était court : aussi Sibyl mit-elle dans toutes ses démarches une activité fébrile; et dans tout ce temps, elle fit l'admiration de tout le monde, même de M. et madame Stormond, qui, se doutant bien que toute la fortune de l'oncle Tranchard lui reviendrait un jour, se confiaient déjà que c'était un excellent parti pour leur fils Frédéric, lequel n'avait d'autre mérite que celui de suivre la mode dans toutes ses extravagances.

Madame Stormond disait bien que la famille des Fauthorpe n'était rien; ce à quoi le mari répondait :

— Madame de Sévigné a dit que les millions étaient toujours de bonne maison, et c'était une femme d'esprit. Il est de fait qu'aujourd'hui le négoce dépasse la noblesse pour l'élégance ; et si Frédéric n'épouse pas une femme riche, il faudra bien qu'il entre dans le commerce ; c'est un projet que vous devez prendre en considération.

— J'irai les voir la semaine prochaine ; on ne parle plus à Readcastle que de Sibyl. On en parlait moins il y a deux ans, et cependant elle était déjà bien belle dans sa candeur. Depuis, la passion a laissé ses traces. Elle est vraiment belle !

Huit jours après, Sibyl tenait la promesse faite à son oncle et s'installait chez ce dernier, se mettant, avec un tact parfait, à remplir brillamment ses nouveaux devoirs, faisant la partie d'échecs de M. Tranchard, jouant même aux cartes, prenant la direction de la maison, oubliant sa pauvreté passée, tout en se préoccupant bien souvent de l'effet qu'a pu produire sur son mari sa fuite précipitée, mais espérant qu'il pardonnera quand il connaîtra le véritable mobile de sa conduite.

Au début de leurs relations avec Sibyl, les
Stormond avaient témoigné un air protecteur
qu'ils durent bientôt abandonner devant la dis-
tinction de la jeune femme. Mais alors commença un siége en règle, un blocus autour d'elle,
dirigé par le colonel et conduit par le jeune
Frédéric, qui vint chaque jour sous prétexte de
partie de billard. Il y était très-fort; il avait
un jeu superbe et toujours la maladresse de
sortir vainqueur. Dans la journée, il était toujours l'instigateur de parties de plaisir. M. Tranchard, en homme qui a vécu un peu partout,
ne pouvait pas manquer de s'apercevoir de tout
ce manége. Le but était clair; aussi, il résolut
tout de suite, en homme habitué aux rapides
expédients, de s'en ouvrir à sa jolie nièce.

— Que pensez-vous, mon enfant, des fréquentes visites de Frédéric Stormond?

— Mais rien; seulement, comme il n'y a
pas de billard chez son père et qu'il aime y
jouer, il vient ici plutôt que de courir au
café.

— Allons donc! vous savez bien que l'aimant qui l'attire ici, c'est vous!

— Ah! le pauvre jeune homme! — dit Sibyl avec un rire éclatant.

— Mais c'est un parti qui n'est pas à dédaigner; les Stormond sont ici des notabilités.

— D'abord, si je devais me marier, je voudrais un homme.

— Comment, *si je devais!* Que signifie cette réponse?

— Que je me trouve très-heureuse ici, et que j'y resterai aussi longtemps que je ne vous ennuierai pas.

— Ah! ma chère enfant, vous ne m'ennuierez jamais.

— Alors il vous faut prendre l'engagement solennel de vivre cent ans! — dit-elle avec un charmant sourire!

Comment résister? Il lui pressa la main avec affection, se contentant de dire :

— Ce que femme veut, Dieu le veut; mais, à mon âge, les années comptent double.

4

Cet homme sévère, tyrannique même, était vaincu par sa nièce ; il ne devait plus s'occuper que d'elle, de son élégance, de ses plaisirs, et chercher à lui rendre la vie douce et facile. Mais, en dépit de l'intimité établie entre l'oncle et la nièce, elle ne lui avait jamais entendu parler de Philippe Secretan, et elle ne connaissait pas les sentiments qu'il pouvait avoir contre son ennemi mortel. Ah ! s'il pouvait éprouver quelque sympathie pour le fils ! comme elle lui raconterait avec confiance sa vie passée, sa fausse situation ! Mais non, cela n'est pas possible ! On ne peut aimer le fils de celui qu'on a haï ! Cette pensée cependant ne la quittait pas. Enfin un jour l'occasion se présenta ; elle la saisit avec avidité.

Par une matinée de juillet, ils étaient assis tous les deux ; M. Tranchard lisait le *Times* d'un air distrait, poussant de temps à autre un soupir plaintif.

— Qu'avez-vous donc, mon oncle ? — lui dit Sibyl.

— Je ne sais pas ; j'ai les nerfs irrités : c'est un malaise que je ne m'explique pas.

— Vos névralgies sont toujours suivies d'une grande irritabilité nerveuse.

— La chaleur molle de l'été anglais m'éprouve plus que le soleil torride de l'Inde ! —répondit-il en se passant la main sur le front, ce qui avait permis à Sibyl d'apercevoir une cicatrice sous une mèche de cheveux.

— Vous avez donc été blessé, mon oncle, sur un champ de bataille ?

— Ce ne fut pas un combat sanglant ; une simple rixe qui m'a laissé estropié pour la vie. Votre mère ne vous a jamais parlé de Philippe Secretan ?

— Si, mon oncle, comme d'un homme qui s'est très-mal conduit à votre égard.

— On prétendait cependant le contraire, et on me déniait tous droits à la fortune qu'il m'avait léguée : une bagatelle de trente mille livres. Je passais pour un accapareur déloyal, et notez que ce fut mon travail qui sauva la maison Secretan; on se plut à crier bien haut que personne n'a le droit de se trouver entre le père et le fils, ce dernier fût-il un dissipateur, un joueur et un paresseux.

— M. Secretan avait sans nul doute une grande amitié pour vous?

— Oui, et une grande antipathie pour son fils, qu'il savait devoir dévorer hâtivement, après sa mort, une fortune si péniblement acquise; elle serait engloutie dans les courses et le jeu. Cette fortune ne méritait-elle pas plus de respect? M. Secretan avait en moi une confiance illimitée; mais les folies de Philippe Secretan ont contribué plus que ma sagesse à assurer ma fortune.

— C'est peut-être à la suite d'une querelle avec Philippe Secretan que vous avez reçu cette blessure?

— Oui; après la lecture du testament, il me suivit et m'attaqua dans un fourré solitaire, non loin de la maison de son père. Du reste, il avait un autre motif d'animosité : la jeune fille qu'il devait épouser lui avait préféré l'associé de son père. Il possédait sur moi l'avantage de la taille et de la vigueur; je fus terrassé, roulé, puis jeté dans une carrière; j'avais trois fractures à la jambe. Que j'ai souffert toute la nuit! Le lendemain matin, des laboureurs qui passèrent par là entendirent mes gémissements; ils coururent chercher un brancard, m'y installèrent tant bien que mal, et me conduisirent à l'auberge la plus voisine, d'où je fus transporté à Manchester dans une maison de santé; j'y suis resté cinq grands mois. Je fus guéri; mais en dépit de tous les soins, j'étais boiteux pour la vie. Alors la jeune fille qui prétendait m'aimer déclara qu'elle ne se souciait pas d'épouser un boiteux, et elle fit un autre choix. Voilà ce que je dois à Philippe Secretan.

— Oh! mon oncle, malgré vos souffrances, vous avez pardonné?

— Moi, pardonner? Oui, si pardon et haine éternelle sont synonymes. J'ai trop souffert, et je le hais jusque dans ses descendants! Haine à eux tous!

4.

— Mais les enfants, mon oncle, ne peuvent être responsables des actes commis par leurs parents?

— Si; ils doivent porter la faute de leur origine; l'Écriture sainte le veut elle-même. J'ignore ce qu'est devenu Philippe Secretan, s'il est mort ou vivant; mais qu'il soit maudit jusque dans sa race.

— Oh! mon oncle, de grâce, pitié, pour l'amour de Dieu!

— Eh bien, quoi, Sibyl? vous pleurez, mon enfant? Ah! nous aurions mieux fait de ne pas parler de Philippe Secretan.

CHAPITRE VI

Depuis cette conversation, Sibyl ne prononça plus le nom de Philippe Secretan; elle avait compris que tout espoir de réconciliation deve-

nait désormais impossible; la haine de M. Tranchard était bien éternelle, et elle devait garder
son secret devant la perte de ses espérances à
cet égard. Mais, si plus tard elle atteignait le but
qu'elle poursuivait, ne serait-elle pas récom-
pensée au centuple? Elle n'avait plus qu'à se
laisser aller au courant du fleuve d'or dans
lequel elle naviguait avec tant de grâce; elle
n'avait plus qu'à se laisser choyer, dorloter par
ce bon vieillard qui ne voyait plus que par elle.
Peut-être, plus tard?... Oui, elle avait l'avenir
devant elle; c'est là l'espoir. De temps en temps,
elle pensait bien un peu à Alexis. Comment
avait-il pris ou considéré cet abandon? Si, par
désespoir, il s'était suicidé!... Tout son sacrifice
devenait inutile. Comme elle souffrait du manque de nouvelles! Puis, sa conscience elle-même
intervenait et lui reprochait sa conduite. N'avait-
elle pas là devant les yeux ce petit album où elle
écrivait autrefois ses plus secrètes pensées? Et
quand elle l'ouvrait, elle voyait écrites en lettres
de feu ces quatre mots : *Je l'aime! Je l'aime!*

Je l'aime!! Se mentait-elle donc à elle-même alors? Oh non! Et la puissance de l'or, le charme d'une vie pleine de luxe ne pouvaient lui arracher du cœur une vengeance sur sa médiocrité passée, avec tout l'enivrement d'un premier amour.

Mais, pour la première fois depuis six mois, elle devait enfin apprendre qu'Alexis avait fait une mystérieuse apparition à Readcastle.

Elle était venue faire une visite à l'oncle Robert, arrivant juste à un moment où, à la suite d'une discussion amenée par une partie de jardin, entre les deux sœurs, Maria était remontée dans sa chambre, pendant que l'oncle Robert continuait philosophiquement sa promenade; elle ne trouva donc au salon que Jenny, qui s'écria :

— Ah! te voilà donc! Ce n'est pas gentil d'écrire, moi qui comptais sur toi pour me raconter tes plaisirs, tes succès, tes triomphes! Car on dit qu'au premier rang de tes adorateurs figure Frédéric Stormond.

— Quelle bêtise! je n'ai pas d'adorateurs.

— Si tu n'en as pas, tu en as eu, car l'occasion s'est présentée pour moi d'en voir un dernièrement. A dire vrai, le pauvre garçon avait plutôt l'air d'un mendiant!

— Que veux-tu dire? Comment était-il? Où l'as-tu vu? Dis-moi ce que tu sais, tout, tout?

— Mais comme tu es pâle! Si tu ne le connaissais pas, tu ne serais pas si émue, à coup sûr! Tu l'aimais donc bien? Oh! tu peux parler sans contrainte avec moi; tu sais bien que je suis discrète!

— Mais c'est à toi de t'expliquer, Jenny, à dire ce que tu sais. De grâce, dis-le-moi! — ajouta-t-elle en jetant les bras autour du cou de sa sœur.

— Je n'ai rien dit à mon oncle ni à Maria.

— Pour l'amour de Dieu, je t'en conjure, dis-moi comment il était.

— Jeune, beau, bien fait, distingué malgré son costume râpé! Il était si mal chaussé que j'ai voulu lui offrir un shilling; il repoussa ma

main en souriant : « — Je ne suis pas un mendiant, mon enfant, » dit-il d'une voix triste.

— Pauvre garçon! — soupira Sibyl.

— Tu sais bien le mur près de la luzerne?
C'était là qu'il était, regardant par-dessus le
mur. Il m'a demandé si je ne m'appelais pas
Fauthorpe, si je n'avais pas une sœur nommée
Sibyl. Sur ma réponse affirmative, il me demanda
où tu étais; je répondis que tu étais à Londres,
et je lui donnai l'adresse de madame Alleton.
Sur quoi il devint tout pâle.

— Pauvre garçon! — répéta Sibyl.

— Ah! tu vois bien que tu le connais.

— S'il ne t'a pas dit son nom, comment
le deviner?

— Il m'a encore adressé beaucoup d'autres
questions, toutes sur toi. Si nous comptions
bientôt te voir? Mais je ne savais plus rien.

— Tu ne lui as pas parlé de l'oncle Tranchard?

— Oh non! à quoi cela eût-il servi? Ce doit
être un jeune homme qui t'aura vue chez ma-

dame Alleton, et auquel ta beauté aura tourné
la tête. Tiens, écoute, je vais te faire son portrait : grand, mince et brun, les traits régu-
liers, la physionomie quelque peu ironique. —
« Mon enfant, me dit-il avec une vraie tristesse,
comme vous me rappelez votre sœur ! »

Il n'y avait pas à en douter; c'était bien
Alexis ! En ce moment s'approchait la berline
de l'oncle Tranchard, qui devait reconduire
Sibyl à son nouveau castel.

— Avant de m'en aller, — dit-elle d'un ton
affectueux, — ma chère Jenny, il faut absolument avoir plus soin de ta personne; tu es assez
gentille pour faire quelque chose. Pour commencer, je vais te faire cadeau d'une robe que
tu mettras la première fois que tu viendras à Lancaster-Lodge.

— Ah ! Sibyl, je ferai tout pour que tu sois
contente de moi ! — Puis elle ajouta : — Quand
tu seras mariée, tu m'inviteras?

— Je n'ai nulle envie de me marier; je veux
rester chez mon oncle.

— Mais s'il vit jusqu'à quatre-vingt-dix ans,
tu ne seras plus qu'une aimable vieille. Et moi
qui ai toujours rêvé d'être demoiselle d'honneur!
Frédéric Stormond est-il bien de sa personne?

— Il est affreux! — répond Sibyl, en essuyant
à la dérobée les larmes qui lui montent aux
yeux. — Allons, ma Jenny, il faut nous quitter;
mon oncle me crie que la voiture est prête.

Mais dès qu'elle fut blottie dans la voiture,
elle donna un libre cours à ses larmes. Qu'était
devenu son mari? Il devait être désespéré, et
peut-être, dans son désespoir mélancolique, se
laisserait-il aller au suicide?

C'est sous l'influence de cette impression
qu'elle fit paraître dans le *Times* l'annonce suivante :

« Alexis, vous n'êtes pas oublié. Je ten-
« terai toujours tout ce qui sera en mon pou-
« voir pour vos intérêts. Espoir et patience!
« Faites-moi savoir par la même voie ce que
« vous faites, ce que vous devenez, et adressez
« *Post office, Stale street.*

Mais il ne survint aucune réponse, ce qui doubla encore les inquiétudes de Sibyl et lui tortura le cœur.

A quelque temps de là, il y avait grande réunion dans le salon de M. Stormond; on y prenait le thé. Parmi les invités figurent madame Groschen, la femme du banquier. Elle et madame Stormond se livrent à une causerie sur le prochain, et notamment sur M. Tranchard.

— Vous qui êtes admise dans l'intimité de Lancaster-Lodge, savez-vous à qui est destinée la fortune de M. Tranchard?

— A sa nièce Sibyl, assurément.

— N'avez-vous pas remarqué quelquefois une singulière exaltation dans son regard?

— Non! mais comment trouvez-vous ses manières?

— Un peu affectées; je lui voudrais plus de naturel.

— Vous voulez toujours l'impossible.

Madame Groschen, vexée du culte spontané rendu à la beauté de Sibyl, avait l'habitude de

jeter continuellement une douche d'eau glacée
sur l'enthousiasme de madame Stormond. Et
le soir même elle disait à son mari :

—La naissance aura peu d'action sur le choix de
la femme que les Stormond rêvent pour leur fils.

— L'argent est le souverain maître de nos
destinées ! — Réponse bien digne d'un banquier.

— Son oncle a donc réellement une grande
fortune?

— Une fortune colossale, d'après mes corres-
pondants de l'Inde !

Du reste, Sibyl, forte de sa situation dans le
présent et l'avenir, tenait la dragée haute à tout
le monde, même aux Stormond; et elle n'avait
que de l'indifférence pour le luxe tapageur des
Groschen. De là un petit antagonisme contre
elle de la part de ceux qu'elle éclipsait.

Une année s'est écoulée depuis son installation à Lancaster-Lodge. Elle a bien vite passé,
cette année, en dépit parfois de longues heures
de solitude, et malgré bien des regrets et des

remords; mais le luxe ne produit-il pas l'enivrement? La jeune femme est persuadée maintenant qu'Alexis est allé chercher fortune au loin.
Réussira-t-il? Elle n'a pas le temps de songer à
cela. Elle a conquis toute la confiance de son
oncle, qui se complaît dans son opulence, tout
en sachant parfaitement que si un revers de
fortune l'atteignait, il serait immédiatement
abandonné par tous les amis du présent. Elle a
même été assez politique pour arriver à ce que
sa sœur Maria ne fît plus que de rares et courtes
apparitions chez l'oncle Tranchard : la reine
d'autrefois avait perdu son trône !

Un jour de visite des Stormond à Lancaster-
Lodge, le colonel voulut savoir de Frédéric lui-
même s'il comptait, oui ou non, être agréé de la
jeune beauté, cette future millionnaire.

— Moi ! — répondit l'autre, non sans fatuité;
— mais j'en suis sûr !

— Eh bien, alors?

— Avec elle, il ne faut rien brusquer. Elle
simule l'indifférence; mais c'est pour m'éprouver.

— Il me semble qu'elle prolonge bien l'é-
preuve, et je doute de son succès final.

— Si elle me repousse, j'irai chasser les kan-
guroos, ou autre chose.

— C'est un bien vague système de faire fortune, il me semble?

— Vous voyez tout en noir, mon père;
soyez tranquille, j'épouserai Sibyl Fauthorpe!
Et mieux vaux tard que jamais!

Voilà ce que lui inspirait de plus passionné la
femme aimée. Ah! pauvre jeune homme! comme
disait Sibyl, en parlant de lui à l'oncle Tranchard.

CHAPITRE VII

Le printemps avait fui, et le mois de juin était
resplendissant : les courses de Readcastle devaient amener beaucoup de monde. Les Stor-

mond avaient bien fait une invitation à Sibyl pour celles précédentes; mais ils avaient
échoué devant un refus catégorique. Ne se te-
nant pas pour battus, ils renouvelèrent leur invitation.

« Songez, » — disait dans sa lettre madame
Stormond, — « que votre refus rendrait mes filles
« et mon fils malheureux. Envoyez-moi une
« réponse affirmative, et vous ferez des heu-
« reux ! »

— Pourquoi n'accepteriez-vous pas cette invitation ? — dit l'oncle Tranchard.

— Vous savez bien, mon oncle, que je n'ai
aucune attraction pour les plaisirs que vous ne
partagez pas.

— Vous êtes jeune, ma chère enfant, et vous
pouvez vous amuser de choses qui ne nous
amusent plus.

— Eh bien, alors, mon oncle, venez avec
nous ; nous parierons.

— Non, ma chère enfant; allez sans moi et
ne pariez pas. Il n'y a rien de plus repoussant

pour moi qu'un vieux joueur, si ce n'est une jeune joueuse.

— J'avoue que j'aimerais voir des courses, au moins une fois dans ma vie.

— Allons! écrivez à madame Stormond qu'elle peut compter sur vous.

— Vous ne m'en voudrez pas?

— Pas du tout! ce serait différent si vous m'obligiez à vous accompagner.

Sur quoi, Sibyl écrivit immédiatement deux lettres, l'une pour madame Stormond, l'autre pour sa couturière, qui arriva le lendemain matin de bonne heure. Il fut convenu que la robe serait en faille paille recouverte de mousseline brodée de l'Inde; le chapeau de même nuance, avec les garnitures assorties.

A peine la couturière fut-elle partie que Sibyl, qui était allée s'asseoir sur la pelouse, vit arriver à elle Maria et Jenny, rouges, essoufflées.

— Eh bien, Sibyl, l'oncle Tranchard a-t-il l'intention d'aller aux courses?

— Il déteste les courses ; j'irai avec les Stormond.

— Je croyais que tu n'allais nulle part sans lui ?

— C'est vrai ! mais je ferai une exception pour les courses ; je désire y assister au moins une fois.

— Et moi aussi ; nous aurions pu y aller dans le landau de l'oncle Tranchard ?

— J'ai accepté l'invitation des Stormond ! — répond Sibyl, à laquelle cette réunion de famille ne sourit que fort peu.

— Quelle toilette auras-tu ?

Sibyl décrit la toilette qu'elle vient de commander, sur quoi Maria de s'écrier :

— Que d'argent il doit te donner !

— Il ne me donne pas d'argent ; mais j'ai un compte ouvert dans les premières maisons.

— Ainsi tous les caprices te sont permis ? Que je voudrais donc aller aux courses ! Mais je ne dois pas y compter !

Sibyl resta insensible à cette demi-prière ;

elle ne pensait qu'à elle et à ses plaisirs : elle serait vue et verrait ! Et elle allait enfin frayer avec l'aristocratie ! Elles partirent donc complétement désillusionnées.

Dans l'après-midi du même jour, M. Tranchard lisait lui-même le *Times* et sa nièce travaillait à un ouvrage de broderie, lorsqu'il se leva tout d'une pièce, les yeux hagards, comme frappé d'une attaque d'apoplexie.

— Qu'avez-vous donc, mon oncle? — s'écria Sibyl tout à fait inquiète.

— Je viens d'apprendre la mort, aux Indes, d'un de mes vieux amis. A mon âge, ces nouvelles ne devraient pas me surprendre, cependant ! Ne vous en préoccupez donc pas !

Elle retourna donc à son travail. Moins d'un quart d'heure après, l'oncle Tranchard quittait le salon, emportant le journal, qu'elle eût bien voulu consulter elle-même. Un moment après, le maître d'hôtel venait la prévenir que M. Tranchard la priait de prendre seule son thé ; ayant une lettre à écrire, il ne paraîtrait pas au salon.

Les jours suivants, M. Tranchard était singulièrement frappé par la mort de son ami. Il y avait même un changement physique en lui, et Sibyl se demandait ce que pouvait bien être ce personnage dont elle n'avait jamais entendu citer le nom ; mais elle se gardait bien de faire aucune question sur ce sujet.

Un jour, madame Stormond vint inviter l'oncle et la nièce à dîner, après les courses.

— Non, chère dame ! — répondit M. Tranchard ; — je ne connais pas les chevaux, et les courses n'ont aucun attrait pour moi.

— Mais vous avez des chevaux superbes !

— C'est bien ce qui prouve que ce n'est pas moi qui les ai choisis ; mais j'irai retrouver Sibyl chez vous, à l'heure du dîner.

— Puisque tel est votre bon plaisir, soit ; tout en le regrettant. Je vais aller m'occuper de la location d'un équipage, car je craindrais la cohue pour mes poneys.

— Mais il est bien plus simple de prendre mon landau !

5.

Après quelques façons, l'offre fut acceptée, et l'on convint de l'heure du rendez-vous.

— Ne comptez pas trop sur moi ! — dit-il ; — je ne suis pas très-bien en ce moment.

— Mon oncle a eu la douleur de perdre dernièrement un ami... — dit Sibyl ; mais elle n'acheva pas ; elle avait vu M. Tranchard froncer le sourcil à ces mots.

Le jour dit, par un beau ciel bleu et sous un soleil ardent, le landau de M. Tranchard s'arrêtait à l'heure indiquée à la porte de la famille Stormond, qui y prit place, sauf Frédéric. Il galopait aux portières de la voiture, sur un cheval étique qu'il avait en communauté avec un ami, et dont la conduite était aussi difficile que celle du plus entêté des ânes.

Le landau arriva enfin sur l'hippodrome, et vint se ranger près des voitures les plus aristocratiques ; tout près stationnait un magnifique mailcoach où se trouvaient deux jeunes gens et deux jeunes filles qui envoyèrent un gai bonjour à madame Stormond. Un des jeunes gens en descend rapidement et vient présenter ses hommages, tout en regardant Sibyl, qui est dans tout l'éclat de sa beauté. Pour elle, elle se rappelle bien l'avoir vu passer sous ses fenêtres en costume de chasse. Il est grand, bien découplé ; sa physionomie ouverte et franche parle en sa faveur.

— M. Wilford Cardonnel !... Mademoiselle Fauthorpe !... — dit madame Stormond, en forme de présentation. Le jeune homme salue d'une façon aussi aimable qu'empressée.

— Vous aimez les courses ? — dit-il à Sibyl avec un sourire.

— C'est la première fois de ma vie que j'y viens, mais je suis assurée de m'y plaire.

— Vous n'appartenez pas à notre comté, alors ? car les enfants y vont avant de savoir marcher.

— Je suis donc une exception ! Mes oncles sont très-casaniers, et je n'ai jamais pu les décider à m'y conduire. Mais qu'est-ce que cela ? — ajouta-t-elle, en désignant un véhicule grotesque

traîné par une vraie rossinante. Sur le siége de
devant est assis un vieux monsieur coiffé d'un
chapeau gris qui lui couvre les yeux ; près de
lui, une fillette qui fait une triste exhibition de ses
longues jambes ; dans le fond, une jeune femme
en mousseline rose. C'étaient l'oncle Robert,
Maria et Jenny. Quelle humiliation pour Sibyl
d'avouer que ce vieillard est son oncle, et ces
deux filles si mal fagotées, ses sœurs ! Maria
avance de temps à autre sa tête blonde, agite
son mouchoir. Jenny, plus entreprenante encore,
s'élance en avant, envoie des baisers, et va
même jusqu'à crier : Sibyl, Sibyl ! Quelle machination diabolique ! Avaient-ils besoin de
venir se mettre là bien en face ?

— Qui donc appelle ainsi ? — demanda sir
Wilford Cardonnel, en braquant sa lorgnette sur
l'équipage. — Oh ! quels Philistins ! continua-
t-il ; l'enfant qui bondit sur les coussins est vraiment incroyable ! Et le cheval ! Quel spécimen
antédiluvien ! Ce doit être la monture d'Adam
dans le paradis terrestre !

Sibyl devint pourpre. Comme elle souffrait !

— Comment ! vous ne reconnaissez pas votre oncle et vos sœurs ? — demande tout à coup madame Stormond, qui vient de regarder, elle aussi.

— Je vous fais toutes mes excuses, — dit le jeune Cardonnel ; je suis désolé. Cette enfant m'a étonné par ses gestes vifs ; mais elle est très-jolie en vérité, et si vous voulez bien me le permettre, je vais aller la chercher ; car elle a, je vois, le plus grand désir de vous parler.

— Laissez-la, je vous prie, où elle est ! c'est une enfant insupportable ! — dit Sibyl, qui daigne cependant lui octroyer un léger signe protecteur. Et Jenny, sûre d'être reconnue, envoie d'innombrables et bruyants baisers à sa sœur. Quel triste revers de la médaille ! Combien Sibyl regrette d'être venue aux courses en si brillant équipage ! Peu à peu cependant la mauvaise impression disparaît. Wilford Cardonnel papillonne jusqu'à la fin des courses autour de la voiture de M. Tranchard ; il est évident que la

beauté de Sibyl a mis son imagination en
éveil. Il se demande ce que peut être cette belle
personne. Une institutrice ne pourrait être aussi
élégante. Puis, si cela était, les Stormond n'au-
raient pas autant d'égards pour elle !

Ils repartirent aussitôt après les courses,
espérant trouver là M. Tranchard. Il n'y avait
qu'une lettre par laquelle il s'excusait de ne
pouvoir répondre à l'invitation, et annonçait
qu'il enverrait à dix heures une personne de
confiance pour ramener Sibyl.

— Votre oncle change beaucoup depuis quelque temps ! dit madame Stormond.

— Cependant, il n'est pas malade.

— C'est un homme dont les nerfs sont d'acier
et la volonté d'airain ; mais son long séjour dans
l'Inde a usé sa constitution, et vous ne pouvez
compter sur lui pour de longues années.

Sibyl écoutait avec gravité ; cette réflexion
lui ouvrait de nouveaux horizons. Certes, elle
n'était pas sans avoir pour son oncle des sentiments de reconnaissance et d'affection ; mais la

perspective de pouvoir, dans un temps donné,
bientôt peut-être, reprendre la vie avec le mari
qu'elle aime est si douce à son cœur !

CHAPITRE VIII

Le dîner offert par les Stormond fut magnifique et très-gai. Le menu, du reste, ne laissait
rien à désirer, et aurait pu égayer les plus moroses.
On y parla cheval, puis un peu des voisins. Madame Stormond fit un éloge superbe de Wilford
Cardonnel. L'heure du départ étant arrivée,
madame Stormond se récria et ne céda qu'aux
instances réitérées de Sibyl, qui s'informait si
sa voiture était arrivée. Mais, pas de voiture ! Que
faire ? elle ne pouvait s'en aller à pied seule !
Les Groschen, qui ont cette folle intention, offrent
de faire une partie du trajet avec elle ; puis, Frédéric l'accompagnera jusqu'à Lancaster-Lodge.

C'est ce qui fut accepté et fait; et, en arrivant à
la grille, Frédéric exprima galamment à Sibyl
son regret que la course ne fût pas plus longue.
Pour toute réponse, il n'eut qu'un bonsoir froi-
dement poli; la grille se referma brusquement
sur lui. Il s'en alla l'oreille bien basse.

La jeune femme, bien indifférente, regagna,
presque à regret, le castel. A regret, non pour
lui; mais la nuit était si belle, le ciel si pur! En
arrivant à la porte d'entrée, elle s'aperçut que
le cabinet de M. Tranchard était encore éclairé.
Quelle sérieuse occupation le retenait donc à
pareille heure? Elle eût bien voulu voir son
oncle; mais en arrivant à la porte, elle s'arrêta
interdite. Il n'était pas seul; elle s'aperçoit qu'il
suit de longues colonnes de chiffres; de temps
en temps, il donne un coup d'ongle et fixe sur
son interlocuteur un regard foudroyant.

Celui-ci, elle ne peut pas le voir; il lui tourne
le dos. Qui peut-il être? Et surtout, pourquoi
M. Tranchard est-il de si mauvaise humeur?
Ne pouvant résoudre ces questions et se perdant

en conjectures, elle monte à sa chambre, se couche ; elle lutte contre le sommeil. Mais ce dernier, un rude jouteur, finit par prendre le dessus, et elle s'endort.

Le lendemain matin, elle se leva de bonne heure, bien décidée à avoir le mot de l'énigme. Son oncle est déjà installé dans son fauteuil, près de la fenêtre.

— Comment allez-vous ce matin, cher oncle? Vous me paraissez un peu pâle ; mais pourquoi veiller si tard?

— Comment le savez-vous? Vous n'étiez pas couchée?

— Vous avez oublié d'envoyer la voiture me chercher chez les Stormond, ce qui fait que je suis rentrée plus tard que de coutume.

— C'est vrai! mais comment êtes-vous revenue?

— Avec les Groschen et Frédéric. Ah! il serait bien difficile de trouver son pareil.

— Décidément, il n'a aucune chance de réussir

auprès de vous; mes espérances seront déçues de
ce côté.

— Mais qu'ai-je donc fait pour me souhaiter
un pareil mari?

— Excusez-moi cette taquinerie bien inno-
cente, car votre beauté et votre esprit doivent
faire un jour votre fortune et votre bonheur.

— Oh! mon oncle, vous ne voudriez pas me
conseiller de faire un mariage d'argent!

— Telle que je vous connais, je ne vous con-
seillerais cependant pas une chaumière et un
cœur; vous en seriez bien vite fatiguée. Vous
frissonnez rien qu'à cette idée.

— Ne me parlez pas de mariage, mon oncle,
je vous en supplie! Mais je comptais trouver ici
quelqu'un.

— Vous avez invité quelqu'un?

—Non. Du reste, je ne le ferais pas sans votre
agrément personnel. Je faisais allusion à l'étranger
qui était avec vous hier au soir, et dont la présence, je l'avoue, m'a intriguée.

— Veuillez, à l'avenir, ne pas vous occuper

des choses qui ne vous regardent pas. Comment savez-vous que j'avais quelqu'un hier au soir?

— Mais j'ai vu ce quelqu'un, en passant devant votre cabinet.

— Mon enfant, il n'y avait pas là de quoi se mettre martel en tête. C'était un négociant de Calcutta qui venait me demander avis et conseil. Il est reparti dès que ses affaires ont été terminées.

Après quoi, M. Tranchard se retrancha derrière le journal qu'il commençait à lire. Quant à Sibyl, elle était désappointée, cela se voyait de reste. Elle avait compté sur des questions au sujet de ses succès de la veille; elle avait même espéré pénétrer le secret qui concernait cet étranger. Mais rien! Elle descendit au jardin, elle n'avait plus qu'à rêver. Mais à qui? à quoi? L'image d'Alexis était sans cesse devant ses yeux. Vivait-il encore? Sans lui, que serait la fortune? Et elle pensait déjà au moment où elle pourrait lui écrire : « Reviens! je t'attends. »

Comme elle pensait ainsi, elle aperçut ma-

dame Stormond au bras d'un jeune homme
qu'elle n'eut pas de peine à reconnaître.

— Excusez M. Wilford Cardonnel sur l'heure
matinale à laquelle il fait ses visites, — dit
madame Stormond à Sibyl; — je viens de le ren-
contrer, et il m'a demandé de m'accompagner.

— J'espère, dit le jeune homme, que mademoiselle voudra bien excuser cette heure matinale et me présenter à M. Tranchard.

— Au lieu d'être excusé, vous êtes remercié!
— répondit gracieusement Sibyl. — Le parc
d'ailleurs est magnifique.

Sur quoi, le jeune Cardonnel s'extasia sur la
beauté des arbres, sur le merveilleux entretien
des allées, etc. Tout cela pour arriver à un com-
pliment à sa jeune hôtesse, qui s'empressa de
rejeter toutes ces perfections sur la surveillance
incessante de son oncle.

Ensemble, ils se dirigèrent vers la maison, et
y trouvèrent M. Tranchard, qui fumait un cigare.
Il fit le meilleur accueil aux visiteurs, qui res-
tèrent à dîner. Le jeune homme fut pour Sibyl

d'une amabilité qui ne laissait aucun doute sur ses sentiments. Pour elle, elle dut se retrancher derrière une froideur qu'expliquait suffisamment sa situation.

CHAPITRE IX

L'*Orénoque*, un grand steamer arrivant de Sydney, venait d'accoster. Parmi les passagers figure Alexis Secretan. Il avait quitté Londres depuis deux ans, ne pouvant réussir à vivre dans son propre pays; et, dans un travail honnête et énergique, il avait réussi sous d'autres latitudes à faire fortune. Il est premier commis de la maison de banque Kell et Shrew, et chargé par elle de la négociation d'une affaire importante dont le succès doit lui assurer un fort bénéfice.

Que Londres, sa belle ville natale à laquelle il aspirait depuis longtemps, lui paraît changée! Mais où s'adresser? Ses anciens amis l'ont oublié

du jour où il était devenu emprunteur; il n'a
plus que Richard Plowen. C'est le seul qui lui ait
ouvert sa bourse sans lui fermer son cœur; le
seul dépositaire de ses chagrins, de ses secrets
et de ses souvenirs amers d'autrefois.

A peine arrivé chez lui, après les salutations
d'usage, sa première question fut celle-ci :

— Avez-vous de ses nouvelles?

— Comment pourrais-je en avoir? Je vis
comme un ermite dans sa grotte.

— Elle aurait pu s'adresser à vous, vous
qu'elle savait être mon seul ami?

— Elle n'est jamais venue.

— Elle ne vous a pas écrit?

— Pas du tout! Je vais peut-être vous faire
de la peine; mais permettez-moi de vous donner
un conseil.

— Lequel?

— C'est d'oublier.

— Ce n'est pas pour elle que j'ai traversé les
mers. Mais je dois savoir ce qu'est devenu l'enfant dont Sibyl était sur le point de me ren-

dre père quand elle m'a quitté! Je le veux!

— Ne savez-vous donc pas si votre enfant vit ou non?

— Je ne sais absolument rien. Si je cherche la mère, c'est pour trouver l'enfant; il faudra bien qu'elle me le rende.

— En pareille occasion, les droits de la mère priment peut-être ceux du père?

— On ne peut pas méconnaître les droits du père; une mère cruelle ne peut pas être tendre. Puis je lui rachèterai son enfant au poids de l'or. Dans mon isolement, la paternité s'est développée en moi; il me faut mon enfant!

— Comment pensez-vous diriger vos recherches?

— C'est une question que je me suis posée bien des fois. Mais je n'ai pas à choisir; je ne dois m'adresser qu'à la femme de chambre de madame Alleton, ou à la plus jeune sœur de Sibyl. C'est déjà par elle que j'avais su, avant mon départ pour l'Australie, que sa famille la croyait toujours chez madame Alleton. Je partis alors, convaincu qu'elle avait dû trouver un abri confortable quelque part; mais où? Je ne prévoyais pas alors que mes résolutions stoïques tomberaient devant un sentiment plus puissant que celui que j'éprouvais pour Sibyl. Oui, mon pauvre ami, je ne connais pas cet enfant, et cependant il est l'objet de tous mes rêves d'avenir! Je voudrais le voir, l'entendre. Mais comment les retrouver? Par où dois-je commencer?

— Vous allez d'abord dîner avec nous ce soir.

— Merci, mon ami, je reviendrai seulement vous demander l'hospitalité de nuit, si vous le voulez bien.

— Ma mère va vous préparer un lit; vous serez ici comme chez vous.

— Je vais chez madame Alleton de ce pas, et demain j'irai à Readcastle. Je serai ici dans deux heures au plus tard.

Richard reconduisit Alexis, qui se dirigea immédiatement vers l'habitation de madame Alleton. Toutes les persiennes étaient fermées; la maîtresse de la maison avait fait une fugue vers les stations balnéaires; il ne restait que les domestiques, qui firent une assez vilaine récep-tion à Alexis. Il obtint cependant l'extrême fa-veur de pouvoir attendre dans la rue miss Jane, la femme de chambre de madame Alleton.

— Quoi, c'est vous! moi qui vous croyais mort depuis longtemps!

— Oh! que voulez-vous dire?

— Vous n'avez pas lu dans le *Times* l'avis qu'y a fait insérer mademoiselle Fauthorpe et que je vous ai adressé?

— Je n'ai absolument rien lu. Mais de quoi s'agit-il donc?

Jane Diamond raconta alors tout ce que nous savons déjà; mais elle s'arrêta à l'adresse. C'était ce qu'Alexis désirait le plus.

— Tout ce que je puis vous accorder, dit-elle, c'est de lui faire parvenir une lettre.

— Non, pas une lettre; un télégramme sera plus expéditif, et la réponse sera plus rapide.

— Les télégrammes sont souvent des occa-sions d'inquiétude; et, quand on attend depuis

6

si longtemps, peu importent quelques jours de plus ou de moins.

— Méchante! vous ignorez donc que c'est elle qui m'a quittée?

— Si cela est vrai, elle avait peut-être quelque raison de le faire. Ne me demandez pas plus de lui donner tort que de trahir le secret qu'elle m'a confié.

Il lui fallut bien accepter tout ce que voulait la femme de chambre, et, pour se mettre dans ses bonnes grâces, il lui glissa quelques pièces d'or dans la main. Puis il entra dans un café, où il écrivit une lettre dans laquelle l'amertume le disputait à l'amour. Il pouvait bien dire à Richard qu'il n'aimait plus Sibyl; mais, en le disant, il se mentait à lui-même, et jamais peut-être il ne l'avait plus aimée. Ces deux lignes du *Times* avaient fait disparaître tout ressentiment, toute colère. Aujourd'hui il oubliait, et cet oubli lui mettait la joie dans le cœur! Il est si bon d'aimer! et, en aimant, si délicieux de savoir qu'une pensée vous suit!

Il écrivait rapidement; sa plume criait sur le papier :

« Où êtes-vous, Sibyl, vous dont l'image remplit, anime et désespère mon âme? Vous m'aviez juré fidélité à l'autel! Mon malheur a-t-il été la cause de votre bonheur? Est-ce que je n'existe plus pour vous? Oh! de grâce! ne méconnaissez pas le lien sacré qui nous a unis! Parlez-moi de notre enfant; je ne le connais pas. Dites-moi à qui vous l'avez confié. Oh! que je l'aimerai! Je vous en prie, Sibyl, dites-moi si cette situation doit durer encore longtemps, si l'avenir me dédommagera du présent. Dites-moi... Mais non! rien que ces trois mots : « *Je vous attends* ». Oh! j'arriverai de suite, et tout sera effacé, oublié dans la joie de vous revoir. Je vous ai tant aimée que je ne sais pas si je pourrai vous aimer davantage. »

Jane Diamond reçut la lettre, et lui recommanda de venir chercher une réponse dans trois jours.

Alexis employa la journée du lendemain à

une visite à la maison Kell et Shrew, où il fut
parfaitement reçu. Après explications, l'affaire
dont il était chargé parut avoir toutes les chances
de succès. Ses rêves le portèrent alors à retourner
en Australie, non pas seul cette fois, mais avec
Sibyl et son enfant. Voudra-t-elle? et l'enfant
vit-il? Deux questions auxquelles il n'ose répondre. Qu'il voudrait donc être au lendemain!

Il arrive enfin, ce lendemain tant désiré. Il
n'avait pas fermé l'œil de la nuit; il se précipite à travers les rues, arrive à la demeure de
madame Alleton. Jane lui remet une lettre;
c'est bien l'écriture de Sibyl; c'est à peine s'il
prend le temps de dire merci; il se sauve comme
un avare qui emporte son trésor; son cœur bondit... Enfin! dit-il dans sa joie. Mais il ne peut
plus y tenir; il déchire l'enveloppe et lit :

« MON BIEN-AIMÉ,

« Votre lettre m'a accablée de bonheur!
Malgré tous vos reproches, vous m'aimez toujours. Vous ai-je oublié? Oh! non. J'ai tant

souffert! J'attendais toujours votre réponse, et
j'avais peur de votre indifférence! Mais qu'importe maintenant, puisque je sais que vous m'aimez et que vous me pardonnez? En ce moment,
je gravis peu à peu les degrés de l'échelle de fortune, et, bon gré mal gré, vous serez riche un
jour. Oui, j'ai tout espoir que l'avenir nous
payera de tous nos sacrifices.

« Écrivez-moi quelquefois par l'intermédiaire
de Jane Diamond. Je ne vous donne pas mon
adresse : vous seriez imprudent, et vous pourriez
compromettre ma situation. Notre enfant, un
garçon, va bien. Mais il ne m'est pas permis de
vous en dire davantage. Je termine en faisant
appel à votre patience, et en vous envoyant toutes
les tendresses d'un cœur qui n'a jamais cessé de
battre pour vous.

« Votre femme dévouée.

« SIBYL. »

—Ah! en vérité, c'est trop fort! pense Alexis;
je n'y comprends plus rien! Serait-elle folle?

6.

Elle folle ! Son oncle Robert doit pouvoir m'expliquer tous ces mystères ; il faut que je le voie. Dès demain, je pars pour Readcastle.

CHAPITRE X

Moins de dix jours après sa première visite à M. Tranchard et à sa nièce, M. Cardonnel se présentait de nouveau à Lancaster-Lodge, en compagnie d'une de ses sœurs, dont la physionomie trop austère contrastait avec son nom pastoral de Phœbé.

— Mes sœurs sont très-désireuses de faire votre connaissance, — dit-il après une présentation toute simple, pendant que sa sœur jetait un regard hautain sur l'ameublement, pensant assurément que c'était bien là le luxe des parvenus. Mais elle est bien vite obligée de s'avouer que Sibyl est vraiment belle et que sa toilette est irréprochable.

M. Tranchard fut d'une amabilité charmante :
il était du reste tout à fait disposé à encourager
les assiduités de Wilford, qui, cependant, déplai-
saient on ne peut plus à la malheureuse Sibyl.
Le jour des courses, elle avait cédé à un léger
mouvement de vanité qu'elle se reprochait
aujourd'hui, en voyant la tournure que prenaient les choses. C'était le premier chapitre
d'un roman qui pouvait la conduire loin, beaucoup plus loin qu'elle ne le désirait. La visite
lui paraissait interminable. Heureusement encore, ils n'acceptèrent pas le lunch que leur
offrait cordialement M. Tranchard; une invitation précédente les attendait. Mais, au moment
de leur départ, Wilford Cardonnel, en expri-
mant, avec un regard passionné dirigé sur sa
charmante hôtesse, tous ses regrets de ne pouvoir rester, obtint de M. Tranchard la promesse d'une prochaine visite.

— Eh bien, petite, dit l'oncle à la nièce, voilà
une conquête dont vous devez être fière !

— Mon oncle, je vous en prie, mettez un

terme à ces taquineries. M. Cardonnel m'est
absolument antipathique, et rien ne me ferait
changer. Je le déteste !

La pauvre femme avait dans son sein la
lettre de son mari ! Oh ! que ne pouvait-elle
dire la vérité à son oncle !

— Mais c'est une antipathie inexplicable !
M. Cardonnel est un jeune et charmant cavalier, considéré à juste titre comme le parti le
plus brillant du pays. Il est le rêve de toutes les
mères, de toutes les jeunes filles !... Peut-être avez-
vous un attachement ? — ajouta-t-il, avec un regard pénétrant fixé sur Sibyl, qui se sentit pâlir.

— M'avez-vous entendu prononcer un nom
qui puisse vous faire supposer que mon cœur
n'est pas libre ? — demanda-t-elle.

— Non, mon enfant, mais je souhaiterais
tant vous voir mariée !

— Mon oncle, dites-moi franchement si ma
présence vous importune. Si oui, je retournerai
chez mon oncle Robert, ou je reprendrai l'enseignement.

— Comment pouvez-vous vous méprendre à ce point sur mes sentiments à votre égard ? Votre présence, loin de m'être un fardeau, m'est devenue une nécessité. A l'avenir, je ne vous parlerai plus mariage. Mais je dois vous avouer que vous avez tort de vous entêter dans vos idées de célibat.

Sur ce, au lieu de répondre d'une façon directe, elle dit à son oncle :

— Si vous n'avez rien de décidé pour aujourd'hui, j'irai voir mes sœurs.

— Pour quelle heure voulez-vous la voiture ?

— Merci, mon oncle ; je préfère y aller à pied. Maria a du chagrin quand elle me voit arriver en landau.

— La jalousie est un mauvais défaut et qui ne fera que croître en elle. Ne vous en occupez pas, et prenez la voiture.

— Non, mon oncle, j'irai à pied et je serai de retour pour le dîner.

— Oh ! n'y manquez pas ! Vous m'avez ha-

bitué à cette gâterie, et je ne saurais m'en passer.
A tantôt donc, mon enfant !

Après quoi Sibyl se mit en route, sous un soleil
brûlant ; et, au bout d'une heure de marche
fiévreuse, toute couverte de poussière, elle entrait dans le salon du docteur Fauthorpe, où elle
trouvait Maria à moitié endormie sur un roman.

— Ah ! qu'est-ce qui nous vaut ta visite ? —
s'écria celle-ci en bâillant.

— Ton aimable accueil finira par me dé-
goûter de venir ici ! — riposta Sibyl d'un ton
aigre.

— Après l'affront que tu nous as fait, en ne
daignant pas nous reconnaître aux courses, rien
ne peut plus m'étonner de ta part. Puis, les
Cardonnel se croiraient peut-être déshonorés
d'avoir aucun rapport avec nous. Il est donc
tout naturel que tu prépares une rupture.

— Que veux-tu dire ?

— Qu'à la veille de devenir madame Cardonnel, tu cherches à t'éloigner de nous. Je l'ai
bien vu le jour des courses.

— Mais pourquoi venir ce jour-là en un pareil équipage ?

— Tout le monde ne peut s'offrir un landau et des laquais poudrés. Devions-nous nous priver d'un plaisir parce que notre pauvreté gênait ton luxe ? C'est toujours l'éternelle histoire de Cendrillon.

— Avec une citrouille pour carrosse ; n'oublie pas ce détail, Maria.

— Oh ! que tu es méchante !

— Allons, voyons ! ces querelles me sont ennuyeuses à la fin. Où est Jenny ?

— Probablement dans le jardin.

— J'y vais ; sa société me sera agréable, au moins ; elle a bon cœur, elle !

Sibyl se dirigea tout de suite vers le jardin : personne là. Elle alla au verger, où elle finit par apercevoir sa jeune sœur en train d'escalader un cerisier.

— Jenny ! Jenny ! — cria-t-elle.

Mais l'espiègle enfant cria :

— Si à mon tour je ne voulais pas vous voir ?

Vous savez bien ce que je veux dire, n'est-ce pas ? Mais comme incessamment vous allez être madame Cardonnel, il me faut bien me soumettre, car je veux être demoiselle d'honneur !

— C'est bien inutile, car je ne serai jamais madame Cardonnel.

— Ta ra ta ta ! Je sais à quoi m'en tenir ! Allons ! pour quand est-ce ?

— Jamais ! jamais ! — protesta Sibyl en se jetant au cou de sa sœur, qui devint subitement sérieuse.

— Mais qu'as-tu donc ?

— Ah ! si tu pouvais garder un secret !

— Mais je suis discrète et rien ne me ferait parler quand j'ai résolu de me taire.

— Eh bien ! je te confierai tous mes chagrins. Oh oui, je souffre ! Tu sais bien que tu es ma sœur préférée.

— Allons ! je serai ta demoiselle d'honneur.

— Ah ! Jenny, je n'en aurai jamais ; c'est impossible !

— Oh ! explique-toi !

— Ma Jenny, écoute bien ! Tu dois voir à mon émotion que c'est très-sérieux. C'est une confidence, c'est mon secret. Te rappelles-tu le jeune homme qui s'est adressé à toi, il y a deux ans environ, pour savoir ce que j'étais devenue ?

— Assurément ?

— Admettons qu'il se représente de nouveau ; que répondrais-tu ?

— Je ne sais trop. Cela dépendrait un peu de sa tenue : je sais que tu ne tiens pas à ce qu'un mendiant aille te trouver à Lancaster-Lodge.

— Voilà qui prouve en faveur de ton intelligence.

— Je me suis toujours doutée que je n'étais pas une bête.

— Eh bien, si ce même jeune homme venait me redemander, il ne faut pas lui dire que je suis à Readcastle : cite n'importe quelle localité, même à l'étranger ; il doit ignorer absolument où je suis. Surtout, ne prononce pas le nom de l'oncle Étienne.

— Bien, c'est convenu !

7

— Et si cet inconnu te disait sur moi des choses étranges... extraordinaires...

— Mais quoi, enfin ?

— Il faudra ne pas en tenir compte, et ne pas lui donner l'éveil au sujet de l'oncle Tranchard ; il n'y a rien là dont tu puisses te faire scrupule. J'ai des motifs particuliers pour agir ainsi, et j'ai tenu à te voir pour que tu ne fusses pas prise au dépourvu. Je puis compter sur toi, Jenny ?

— Oui, bonne sœur ! Le pauvre jeune homme ! Il paraissait si malheureux ! J'avais pour lui une réelle sympathie ; et, malgré ses haillons, il paraissait distingué et bien beau !

— Oh oui !

— Mais, tu l'aimes donc ? dis, ma sœur.

— Je l'ai aimé de toute mon âme ; je l'aime encore, je l'aimerai toujours. Toute ma vie est en lui !... en lui seul ! Ne l'oublie jamais, ma Jenny !

— C'est donc pour lui que tu refuses sir Wilford Cardonnel ?

— Oui !

— Que je te plains ! Mais, si Esther ou Maria le voyaient avant moi ?

— Oh ! je compte sur toi pour parer à tout.

— Sois tranquille !

— Merci, ma Jenny ! Oh ! que je t'aime ! Je ne puis pas rester davantage ; j'ai promis d'être de retour pour le dîner, et j'aurai à peine le temps d'être prête. Viens m'accompagner jusqu'à la grille.

Sur quoi la jeune enfant posa sa jolie tête sur l'épaule de sa sœur aînée, et toutes deux partirent, non sans faire de nombreux détours bien inutiles ; mais elles causaient ! Il est si bon d'être compris ! et la pauvre Sibyl n'avait que ce jeune cœur pour confident. Sa sœur Maria n'avait et ne pouvait avoir que de la jalousie, qu'elle témoignait à tout hasard, ne respectant même pas un bonsoir.

CHAPITRE XI

Le lendemain, M. Tranchard et sa nièce se rendirent à Green-Hill, distant seulement de quelques milles de Lancaster-Lodge. Wilford Cardonnel, qui les attendait, leur fit tout d'abord, sur la demande de la jeune femme, visiter les jardins et les écuries. Celles-ci, du reste, méritaient une sérieuse attention, tant par leur installation luxueuse que par le nombre de superbes pur sang qui s'y trouvaient réunis, tous chevaux de prix. Quant aux jardins, ils étaient tenus avec un soin méticuleux par une véritable armée de jardiniers. Là, ils rencontrèrent les deux sœurs de leur hôte ; et, tous ensemble, ils se dirigèrent vers le manoir, un vieux château du temps des Tudor, aux murs épais ; Phœbé, qui avait condescendu avec assez de grâce à servir de *cicerone*, leur expliqua, chemin faisant, que c'était une ancienne abbaye. La veille, elle avait eu un démêlé avec son frère, qui lui faisait part de son intention de demander la main de Sibyl, un projet contre lequel elle s'était élevée avec indignation. Une fille sans naissance ! Était-ce possible ? Mais elle avait dû céder devant la volonté formelle de son frère, qui lui avait répondu avec hauteur :

— C'est ainsi que je le veux, et ce sera ; j'ai de la naissance et des ancêtres pour deux. De plus, les charmes de mademoiselle Sibyl et son immense fortune en perspective font, il me semble, un sérieux contre-poids. Elle est toute mon ambition et l'objet de mes rêves, et cela ne regarde que moi !

A une réponse aussi catégorique il n'y avait rien à dire ; les deux sœurs se résignèrent, ne pouvant mieux, à faire bon accueil à celle qui leur était imposée comme belle-sœur, et elles s'en acquittèrent avec bonne grâce. On visita la galerie de peinture, où figuraient plusieurs

tableaux de maîtres que remarqua M. Tranchard, les salons aux meubles sévères et anti-
ques : ce n'était qu'une admiration d'une pièce
à l'autre. Le déjeuner, qui ne devait être qu'une
collation, et, par le fait, formait un dîner d'ap-
parat, fut remarquable par la cordiale animation
de tous les convives.

— Ouf! — s'écria l'oncle Étienne quand son
landau le ramenait à sa propriété, non pas sans
avoir fait une invitation en règle, et acceptée
du reste, à sir Wilford et à ses deux sœurs, de
venir passer une journée à Landcaster-Lodge.
— Je sais bien que les invités ont toujours à
subir les fastidieuses narrations d'un propriétaire; mais ici, cela dépasse la force humaine; je
suis absolument sur les dents. Quoique cela, je
ne regrette pas cette visite, qui vous assure, si
vous le voulez, le titre de *mylady Wilford
Cardonnel*.

Sibyl ne répondit que par un sourire. Pourquoi contrarier ce bon oncle sur ses projets
d'avenir pour elle? Elle se rappelait le diagnostic

funeste de madame Stormond ; et il était si pâle
et si défait! Pourquoi lui enlever son illusion,
peut-être la dernière?

Pendant ce temps, un fait de tout autre
genre se passait au modeste logis de l'oncle
Robert. La jeune Jenny, fidèle à sa parole,
après avoir persuadé à sa sœur Maria qu'elle
avait une visite à rendre à ses pauvres, et l'avoir
éloignée, alors que son autre sœur Esther était
occupée aux soins du ménage, faisait le guet,
d'une fenêtre du cabinet du docteur Fauthorpe.
Elle y était depuis près d'une heure, lorsqu'elle
vit apparaître au bout de la route le même
individu qu'elle avait vu, il y avait deux ans,
non plus en mendiant, cette fois, mais en toilette de gentleman. Elle descendit aussitôt,
courut à la grille, qu'elle ouvrit précipitamment.

— Oh! quel heureux hasard de vous rencon-
trer ! — s'écria Alexis ; car c'était lui.

— Mon oncle donne ses consultations de
neuf à dix heures ! — répond l'enfant, ce qui

amena un mouvement d'humeur dans la physionomie d'Alexis.

— Comment! vous ne vous souvenez pas de
moi? Voyons, voyons, enfant!

Jenny ne répond que par une surprise inter-
rogative.

— Comment, vous ne vous rappelez pas que je
suis venu ici, il y a deux ans? Il est vrai qu'alors
j'avais plutôt l'air d'un mendiant! Aujour-
d'hui, je ne parais pas tout à fait tel, n'est-ce
pas? Voyons, vous vous rappelez notre conversation par-dessus le mur à propos de Sibyl?
Est-elle ici?

— Bien habile serait-on de pouvoir vous
répondre; je pensais, au contraire, que vous
veniez nous donner de ses nouvelles. Nous n'en
avons aucune depuis bien des mois. Elle a toujours eu un caractère fantasque, trop indépen-
dant. Il y a six mois, elle avait à Jersey une
position assez acceptable; elle était dame de
compagnie chez madame Yokoama Grey, d'un
caractère, paraît-il, insupportable. Sibyl aura

dû perdre patience : elle est peut-être partie
pour le Pérou, ou le Brésil ; il ne faut s'étonner
de rien avec elle ! Voulez-vous voir mon oncle?

— S'il n'a pas de nouvelles autres, je crois que
c'est inutile.

— Assurément il ne vous dira rien de plus !

— Qu'il est dur de rester dans une telle
ignorance !

— Croyez-vous donc que nos sentiments ne
doivent pas primer les vôtres, quels qu'ils soient?

— Rien ne peut primer les droits d'un mari.

— Mais Sibyl n'est pas mariée !

— Elle est ma femme !

— Oh ! ce n'est pas possible !

— C'est cependant vrai ! elle a méconnu
tous ses devoirs en désertant le toit conjugal,
pour fuir une existence alors précaire. Et je suis
assez malheureux pour l'aimer encore, et toujours ; et à tout prix il faudra que je la retrouve.
Il est de mon droit et de mon devoir d'éclairer la
situation, et, toute réflexion faite, je tiens à voir
votre oncle.

7

— Oh! je vous en prie, de grâce, n'en faites
rien! sa colère n'aurait pas de bornes s'il savait
que notre sœur a méconnu son autorité et s'est
mariée sans son consentement. Ce serait nous
chasser toutes de chez lui. Eh! que deviendrions
nous? Pitié, pitié pour nous!

— Mais voyons! votre oncle ne peut pas être
aussi injuste! Il ne peut pas vous faire supporter
les conséquences d'une faute que vous n'avez
pas commise?

— Oh! que vous le connaissez peu! Il est
intraitable sur les questions de préséance.

— Vous êtes bien sûre qu'il ne peut me
donner d'autres indications?

— Oh! absolument aucune.

— Soit! je vais chercher ailleurs; il me faut des
renseignements un peu plus précis que les vôtres.

— Si vous alliez à Jersey?

— Pourquoi? vous m'avez dit qu'elle ne
devait probablement plus y être.

— Elle a une imagination si vagabonde! elle
voyage peut-être!

— N'est-elle jamais revenue chez madame Alleton?

— Jamais! — répond l'espiègle avec un mensonge digne d'un diplomate.

— Votre oncle ne pouvant me dire rien de plus que ce que vous m'avez dit... est-ce bien vrai?

— Je vous l'affirme.

— Alors adieu, mademoiselle.

— Mais si vous êtes mon beau-frère, vous pouvez bien supprimer ce vilain mot de mademoiselle?

— Adieu, Jenny! — répondit Alexis d'un air désespéré en déposant un baiser sur le front de la jeune enfant, qui, un moment après, reprenait toute songeuse le chemin de la villa du docteur, tandis que lui, complétement abusé par la déclaration de cette enfant, regagnait la route de Londres. Comment attribuer l'astuce du serpent à une jeune fille qui paraissait aussi naïve qu'une colombe? Mais il était bien résolu à savoir ce qu'étaient devenus sa femme et son enfant; et

trois jours après, il débarquait à Saint-Héliers,
demandant à tout le monde l'adresse de madame
Yokoama Grey, mais bien en vain; la dame y
était inconnue. Il reprit le bateau pour Sou-
thampton. Là, il se rappela qu'il avait une vieille
parente habitant les environs de Winchester,
et il prit immédiatement la résolution de se
rendre près d'elle. C'était une vieille fille que
ses parents avaient bien négligée, peut-être de
crainte de paraître intéressés : car mademoiselle Secretan était riche, ou du moins, on la
disait telle; et, à ses derniers moments, le père
d'Alexis lui avait recommandé de renouer ces
relations. Quant à elle, elle ne pourrait lui en
vouloir d'une visite courtoise. Il était encore
bien jeune quand il la vit pour la dernière fois,
et cependant il se la rappelait bien, assise dans
l'embrasure de la fenêtre, le visage souriant,
avec de grands yeux bleus et de beaux cheveux
blancs bouclés, ayant toujours quelques bon-
bons pour son futur héritier. Quelle gracieuse
réminiscence du passé ! Que de souvenirs gais lui

passèrent par la tête! Elle l'aimait bien, son
futur héritier, lui, que sa femme avait si lâche-
ment abandonné; celle-ci ne l'avait donc
jamais aimé! Il allait enfin retrouver une con-
solante affection pour son cœur brisé, en racontant à cette bonne parente tous ses chagrins, ses
espoirs, sa misère; puis, son agonie désespérante
dans la lutte contre la vie, et enfin son réveil,
ses réussites, puis encore, le but, l'intention de
ses recherches. Qui sait? elle serait peut-être
son meilleur auxiliaire? Elle était si bonne!

Il lui fallait traverser le cimetière du village
pour arriver à l'église. Là, il y avait une foule de
tombes renfermant les dépouilles regrettées de
sa famille; un respect bien naturel le poussa à
les rechercher; mais, tout à coup, il s'arrête; que
voit-il?

« Ci-gît Mathilde Secretan, décédée en son
château de La Grange, le 18 août 18..., à l'âge
de 83 ans. Elle a passé sa vie à faire le bien! »

— Oh! est-ce possible! — s'écria Alexis en se
jetant à genoux devant la tombe. Cette épitaphe

est bien laconique, mais comme elle en dit long!
Faire le bien! Avoir voué son existence à cela,
rien qu'à cela! On peut mourir ensuite; le
monde vous estime, peut-être un peu tard, mais
il vous rend justice. Il pleura des larmes bien
douces; ce fut un baume pour son chagrin, et
il quitta le cimetière avec la ferme résolution de
retrouver, même sans la mère, cet enfant, le
sien, qu'il n'avait jamais connu, mais qu'il
aimait; il fallait que celui-là ne fût pas malheureux.

Mais où aller? Que faire? Elle morte, son
héritier ne serait peut-être pas d'une grande
utilité? Qui était-ce? Toutes ses idées se heur-
tent dans son esprit; il ne sait plus que résoudre. Tout en marchant devant lui, il était
arrivé devant ce manoir qu'il se rappelait
bien, avec ses hautes tours, son parc boisé,
paraissant aujourd'hui abandonné. Une vieille
femme y ramassait du bois mort. Après un moment d'hésitation, il se décida à la questionner.

— Quel dommage de laisser une aussi belle

propriété dans cet état d'abandon? — lui dit-il, comme entrée de conversation.

— Oh! oui! c'est bien fâcheux! Il n'en était pas ainsi du temps de mademoiselle! Depuis un an qu'elle est morte, son testament est encore à la chancellerie.

— Ah!

— C'est une bien longue histoire, qui n'aurait, je crois, aucun intérêt pour vous.

— Racontez-moi cela quand même!

— Soit! Mademoiselle Secretan a institué un cousin comme légataire universel. De temps en temps, elle se plaignait bien de son indifférence, car elle ne le vit que tout jeune. Depuis, rien. Mais cela ne modifia en rien ses intentions. Toutes les recherches faites jusqu'à ce jour n'ont pu faire découvrir ce légataire. Tous les journaux eurent des insertions; aucune n'a encore abouti : il est introuvable. Mon mari est le jardinier. Nous faisons le possible pour l'entretien, mais nous ne pouvons y suffire.

— Vous ne connaissez pas le petit nom de cet héritier invisible?

— Je ne sais qu'une chose, c'est qu'il s'appelait Secretan.

— Voulez-vous me permettre de visiter la maison? — demanda Alexis, qui avait pâli à l'idée qu'il pouvait être le propriétaire de tout cela.

— Pourquoi pas? Je vais chercher les clefs.

Alexis lui avait glissé quelques shillings dans la main; c'est une monnaie qui ouvre bien des portes. Et il pense combien sa chère Sibyl aurait pu être heureuse si elle avait eu plus de confiance dans la destinée. Être le propriétaire de ce beau château! Ah! si elle revenait à lui, toujours en le croyant aussi pauvre, comme il pardonnerait! Oh! non, il ne la laisserait pas longtemps dans l'erreur. Comme il serait fier de lui ouvrir une existence riche, indépendante, pleine de luxe! Il visita tout, chaque pièce; il retrouvait des souvenirs d'enfance partout, lui donnant au cœur une douce joie; la femme du garde remarqua même son émotion.

— Oh ! si monsieur louait le château, — dit-elle, — je lui demanderais bien de nous garder, mon mari et moi ?

— Je ne demanderais pas mieux, si j'étais le propriétaire de La Grange. Mais donnez-moi l'adresse de l'homme d'affaires de mademoiselle Secretan.

— M. Serodger, à Winchester.

Alexis avait pris une bonne résolution. Il rentra à son hôtel, et, le lendemain, il se présentait au cabinet de M. Serodger.

— A qui ai-je l'honneur de parler ? — demanda celui-ci.

— Au cousin germain de mademoiselle Secretan, le fils de Philippe Secretan, mort à Nice, en 1858. Je viens vous prier de me donner communication du testament de ma cousine. J'ai lieu de me croire son héritier, et je n'ai appris sa mort qu'hier.

— Par qui donc ? — répondit l'homme d'affaires avec un regard douteux.

— Me prendriez-vous pour un imposteur, un intrigant?

— Oh non! mais vous tiendrez compte de ma responsabilité, je l'espère, et la preuve de votre identité m'est indispensable.

— C'est une chose facile. L'avoué de mon père, M. Gull, a suivi toute mon existence : son témoignage, je pense, ne sera mis en suspicion par personne. Veuillez prendre note que j'attends la copie du testament. Adieu, monsieur!

Alexis, bien convaincu que cette belle propriété de la Grange est à lui, qu'il a une fortune, n'avait plus qu'un souci, toujours le même, retrouver son enfant : Richard l'aiderait. Oh! comme cet ami serait heureux de ce changement! Lui, il offrirait l'hospitalité, non pas d'un jour, mais pendant tout le temps qu'il le voudrait! Maintenant, il était riche!

Ce fut imbu de cette idée qu'il reprit le chemin de fer pour Londres.

CHAPITRE XII

Alexis n'eut aucune peine à prouver son identité; il était bien le légataire de mademoiselle
Secretan, son légataire universel, sans réserve,
sans restriction. Il était bien le propriétaire de
La Grange. Il s'y installa, rétablit tout le personnel, et prit à cœur de continuer les œuvres
de bienfaisance de sa vieille cousine. Son ami
Richard n'avait eu garde de refuser l'invitation
qui lui avait été faite de venir passer quelques
semaines de villégiature dans ce superbe do-
maine, bien susceptible de satisfaire à ses goûts
d'herborisation. Un jour, il demanda à son ami
s'il avait prévenu sa femme du changement sur-
venu dans sa situation.

— Non, — répondit Alexis; — je tiens à ce
qu'elle me croie toujours pauvre, et, si elle revient

à moi, je veux qu'elle n'ait pas d'autre idée. Je
dois vous avouer que j'ai donné son signalement
à un homme d'affaires, auquel j'ai confié le soin
de retrouver ses traces. Elle est si belle! On ne
peut pas la confondre avec qui que ce soit! Se-
rions-nous heureux, si elle était ici! Ah! la pauvre
enfant! elle n'était pas née pour la misère, et ce
fut son début, cependant. C'était une belle fleur
à laquelle il fallait le soleil, tandis qu'elle ne
trouvait que l'obscurité.

C'était un cri parti du cœur, car il souffrait
bien réellement. Son ami avait beau lui dire que
sa femme n'était qu'une égoïste, indigne de lui,
il l'aimait toujours. Et cet enfant!

Dans le voisinage, on l'estimait. Bien des
projets matrimoniaux lui furent faits; il s'y
préta même. Mais force lui fut, en face de propositions trop pressantes, de déclarer qu'il était
marié. De là on arriva à le plaindre, à dire qu'il
avait fait une mésalliance. Mais, malgré tout, il
était toujours aimé et estimé. Cette vie de contrainte morale ne pouvait pas durer: impossible

de sourire et de souffrir. Il se décida donc à
faire paraître l'avis suivant :

« Dixon street, Chelsea.

« A... renonce à écrire à S... et à recevoir
des lettres par l'intermédiaire de L... Trouve ce
procédé humiliant pour tous les deux. Sûr du présent et de l'avenir, A... prie sa femme de revenir,
et lui garantit une existence, sinon brillante,
du moins exempte de soucis. A... est à bout de
patience. Il avise S... que prolonger leur séparation, ce serait risquer de la rendre éternelle. »

La réponse de Sibyl fut :

« Attendez et espérez. Autant que vous, je
souhaite notre réunion. Il serait insensé de vouloir détruire, par impatience, un édifice qu'il n'a
pas fallu moins de deux ans à élever. »

Sur quoi, nouvel avis d'Alexis :

« Donnez-moi la garde de mon enfant, et je
me tiendrai pour satisfait. »

Cette fois, la réponse fut laconique :

« Impossible! »

C'était le mot qui devait faire déborder la coupe.

— Ah! — se dit-il, les poings crispés. — Comment ai-je pu m'éprendre pour un marbre pareil? Elle n'a ni dévouement, ni affection, ni pitié! Elle se joue de tous les liens les plus sacrés et de mes tortures. Je veux l'oublier! Quelle épreuve! Ah! elle sera longue! Mais il le faut!

Parmi les voisins de campagne d'Alexis se trouvait le colonel Churton, un vieux garçon qui donnait de fréquents dîners d'hommes, où les gais propos n'étaient pas ménagés. Notre ex-capitaine en était un des principaux commensaux. Un jour, il entendit un des convives raconter qu'il avait fait dans la matinée la rencontre de la femme la plus délicieuse qu'il eût jamais vue. Questionné, il fait un tel détail des charmes de cette divinité, qu'Alexis stupéfait croit reconnaître sa femme.

— Quelle est cette déesse? Son nom, s'il vous plaît? dit-il en contenant son émotion.

— Mademoiselle Fauthorpe! On la dit l'héritière présomptive de son oncle, un vieux nabab de retour de Calcutta, où il a fait une immense fortune. Sir Wilford Cardonnel est, paraît-il, fortement épris de cette beauté, et généralement on les annonce comme devant se marier.

Alexis pensa qu'il devait être question de la sœur de Sibyl. Il ne la connaissait pas, et la ressemblance entre elles pouvait être très-grande. Toutefois, il se hasarda à demander le nom de baptême de cette déesse.

— Ah! c'est un nom presque mystérieux : Sibyl!

Alexis réprima un mouvement d'émotion, et ce fut avec calme qu'il demanda :

— On dit qu'elle doit épouser sir Wilford Cardonnel?

— Cela ne peut étonner personne; c'est un homme charmant, très-distingué.

— Et ce vieux nabab s'appelle?

— Ma foi, son nom m'a été dit; mais je ne me le rappelle pas. Attendez donc! Voyons! Au dernier dîner chez les Cardonnel, j'étais assis près d'elle. Comme j'ai la mémoire courte! Ah! elle disait tantôt : *Mon oncle Étienne!*... puis d'autres fois... Ah! c'est trop fort!... Si, si, voilà, mon oncle Tranchard! c'est bien cela : Étienne Tranchard!

— Étienne Tranchard! Vous en êtes bien sûr? — demande Alexis, dont les yeux se rivèrent sur ceux de son interlocuteur.

— Absolument sûr!

Quel coup de foudre! Quoi! elle l'avait quitté pour une convoitise honteuse! Elle aspirait à la possession d'une fortune du plus grand ennemi de son père! Et elle espérait la lui faire partager! De plus, elle encourageait une passion folle, illusoire, sans dénoûment possible! Oh! c'en était trop! La comédie durait trop longtemps! il fallait que cela finisse! Plus de ces simulacres de fidélité, plus de ces raffinements de torture!

Le lendemain, il était à Readcastle. Il se fit indiquer la maison de M. Tranchard; c'était dans le quartier aristocratique de la ville. Quelle différence avec l'humble maisonnette de l'oncle Robert! Ainsi, sa femme avait quitté le modeste foyer d'un oncle bon et pauvre, pour la maison majestueuse d'un oncle riche dont elle convoitait la succession! Mais cette maison imposante pouvait-elle donner le bonheur? Non, il y avait là une impossibilité. Qui sait? Sa femme l'accueillera peut-être bien?

Il était près de huit heures quand il se présenta. Comme on lui disait que M. Tranchard était souffrant, trop souffrant même pour une visite d'affaires, mais qu'il pouvait laisser un mot :

— Si mademoiselle Fauthorpe, alors, — dit-il, — voulait bien me donner audience, je lui expliquerais de vive voix le but de ma visite. Veuillez lui faire passer ma carte.

Sibyl était au salon, lisant un nouveau roman paru.

— Madame, voici la carte d'une personne qui désirait parler affaires avec monsieur.

Elle lit; son cœur ne fait qu'un bond.

— Où est-il?

— Dans le salon d'attente. Dois-je le faire entrer ici?

— Certainement!.

Comme le bonheur vous étourdit! Elle ne voit plus, elle ne pense plus qu'à cette chance que son oncle se soit trouvé dans l'impossibilité de recevoir.

Quelques secondes après, elle se trouvait seule en face de son mari. Le domestique s'était retiré discrètement. Son premier mouvement, tout de joie, fut de se jeter dans les bras de son mari, car elle l'aimait, au point de sacrifier son amour à l'ambition de le voir riche avec elle. Oh! certes, elle ne voulait pas le quitter. L'attitude impassible d'Alexis la cloua au sol.

— Quoi! vous m'avez trouvée jusqu'ici, malgré tous mes efforts pour vous cacher mon adresse?
— dit-elle avec une roideur qui pouvait être

considérée comme un coup de couteau à double tranchant.

— Mais oui! je vous ai trouvée dans le nid
fastueux que vous vous êtes fait, après avoir violé
la limite infranchissable du domicile conjugal.
Oui, je vous trouve sous un toit doré. Vous y
êtes venue, jetant un défi à la pauvreté et fou-
lant aux pieds toute délicatesse, tout souvenir,
toute pudeur! Oui, je vous trouve. J'ai la clef de
tout ce mystère maintenant. Je ne vous avais
pas connue jusqu'alors, et...

— Cruel! mais c'est pour vous autant que
pour moi que je suis ici! Le ciel m'en est témoin,
votre bonheur m'est plus cher que le mien. Pourquoi vous condamner à la pauvreté quand la
fortune vous tend les bras? Il s'agit de votre
avenir. Mon but est là! il faudra que je l'atteigne.

— Ah! Sibyl, vous m'avez abandonné d'une
telle manière que je suis en droit de suspecter
jusqu'à votre fidélité!..... Comment dirai-je?
Vous courez après une fortune que nous ne
pourrions pas accepter sans honte! Vous saviez

qu'entre votre oncle et moi il y avait un abîme profond, un abîme de haine, de haine éternelle!

— Oh! il a été généreux envers moi! Alexis, ne soyez pas sans pitié.

— J'oublierai tout, si vous consentez à fuir avec moi, à abandonner tous vos projets, et à redevenir la femme de votre mari.

— Mais mon oncle est mourant!

— Vous hésitez entre... *lui* et l'homme que vous prétendez aimer?

— Que je prétends aimer! Ah, Alexis! mais, comment dire? Mon amour ne vous a jamais quitté; mon cœur a été et est encore toujours à vous. Si je vous aime! Est-ce possible de me faire cette question? Si vous saviez?

— Je ne sais qu'une chose, c'est que vous m'avez brisé le cœur, et qu'alors que je vivais dans l'angoisse du malheur, vous avez accepté de devenir la fille adoptive de mon ennemi; acceptant le luxe fastueux qui ne peut convenir qu'aux femmes vulgaires. Aujourd'hui, ma réso- lution est prise; c'est à vous d'opter entre ce luxe et mon amour! Vous pouvez venir sans crainte, vous serez à l'abri de la gêne et des privations. Car, je dois vous le dire, Sibyl, j'ai appris à gagner ma vie... par mon travail!

— Que de fois tout cet héroïsme a fini à l'hospice ou par le suicide. Non, Alexis, il ne faut pas lâcher la proie pour l'ombre. Bientôt il n'y aura plus d'obstacle entre nous. Notre réunion est certaine, et la fortune que me laissera mon oncle ne sera qu'une restitution pour vous.

— J'ai horreur de vos châteaux en Espagne! Vous ne pensez qu'à la mort et à l'héritage de votre oncle! Moi, je ne veux pas de cette fortune, je la dédaigne. Où est votre enfant?

— Il est en sûreté.

— J'exige que vous me le rendiez.

— Mais comment pourriez-vous vous imposer un semblable fardeau?

— Un fardeau? Mais je l'aime cet enfant! Je veux voir mon fils... Oh! je vous en supplie!... Non, non, je le veux!

— Alexis! mon ami!...

8.

Puis, fondant en larmes elle ajouta :

— Il est mort !

— Mort ?

— Oui, une semaine après sa naissance.

— Mais, pourquoi m'avoir laissé trois ans cette illusion ? Pourquoi m'avoir menti ? J'ai été si souvent trompé avec vous ! Vous mentez peut-être encore ?

— Oh ! le pauvre enfant, s'il existait, quel bonheur aurais-je à vous le confier !

— Et moi, je me demande si la mère n'a pas le cœur aussi insensible que la femme.

A ces mots, Sibyl n'hésita plus ; elle se jeta dans les bras de son mari. Était-ce une victoire de l'amour sur la soif de l'or ? Non. Elle l'aimait bien cependant son Alexis, mais l'ambition devait prendre le dessus. Elle voulait être riche, il fallait que cela fût.

— Alexis, je vous en prie, quelques mois encore, et tout sera fini. Vous savez bien que je vous aime, et que mon dévouement est à la hauteur de ma fidélité.

— C'est pourquoi le bruit public est que vous êtes en projet de mariage avec sir Wilford Cardonnel.

— Comment, c'est vous qui prenez au sérieux de pareils contes? Ne craignez rien, Alexis, mon cœur est à vous et à vous seul!

— Et comme preuve de ce grand amour vous refusez de quitter ce luxueux château pour l'humble asile que je vous offre?

— Je refuse de compromettre votre avenir. Avant peu je serai justifiée et vous me remercierez!

C'était trop! Alexis repoussa sa femme.

— Adieu! — dit-il (le domestique venait d'entrer pour attiser le feu; il n'avait rien perdu de la conversation), je crois vous avoir suffisamment expliqué ce que j'avais à dire à votre oncle.

— Oui!...

Ce fut un murmure.

— Adieu!

— Adieu! Quand devez-vous quitter Readcastle?

— Demain matin, par le premier train.

Oh! comme elle aurait voulu encore lui parler!
Un mot, rien qu'un mot : *Je t'aime*. Mais la vale-
taille est là. On a entendu le mot *adieu*, et toutes
les portes se sont ouvertes. Ah! qu'elle souffre!
Quant à Alexis, il a le cœur brisé; il souffre
comme époux et comme père; sa dernière illusion venait de s'envoler; il avait toujours espéré
que son amour aurait triomphé de l'ambition de
sa femme.

CHAPITRE XIII

Sibyl sentait que toutes les espérances de sa
vie s'évanouissaient avec le départ d'Alexis, et
cependant quelle autre résolution aurait-elle dû
prendre? La prudence ne lui dictait-elle pas sa
conduite? Quand on est si près d'atteindre un
but, il n'y a pas à hésiter, surtout après avoir

joué un rôle aussi pénible et aussi long ! Elle ne
pouvait pas admettre qu'une haine héréditaire
pût inspirer à Alexis l'horreur d'une fortune qui,
après tout, n'était que la sienne ; il n'y aurait là
en réalité qu'une restitution. Jusque-là son émotion n'avait été que tendre ; elle se sentait aimée.
Plus tard, elle serait riche, et pourrait donner à
son cœur la satisfaction de rendre heureux ce
mari auquel aujourd'hui elle témoignait une
indifférence vraiment trop dure. Ils partiraient
en Suisse, en Italie, en Grèce, partout ; ils le
pourraient alors !... Oh ! comme elle lui rendrait
avec passion les intérêts de cet amour qu'elle
était aujourd'hui obligée de contraindre. Son
rêve d'avenir vint s'arrêter tout à coup à une
pensée terrible : Si son oncle savait quel est le
visiteur qui l'a demandé ? S'il savait son nom ?
C'était la ruine de tous ses projets. Elle devait,
coûte que coûte, doubler ses soins, ses égards. Il
fallait qu'elle fût pour lui plus qu'une garde-
malade, une fille !

Elle s'empressa de se rendre près de lui ; il

était sombre et agacé. Elle ne l'avait jamais vu
ainsi.

— Je vous attends depuis bien longtemps, pour
me lire le journal. Qu'êtes-vous donc devenue?

— Je vous croyais endormi, mon oncle;
veuillez croire à mes regrets.

— Je n'ai pas fermé l'œil. Mais qui donc
avez-vous reçu tout à l'heure?

Ce fut un éblouissement pour Sibyl.

— Qui j'ai reçu tout à l'heure?

— Mais oui! quelqu'un qui, ne pouvant me
voir, a demandé à vous parler. Que voulait-il?

— Il venait solliciter votre générosité pour
une souscription; il s'agit de bâtir une église à
Krampton pour une nouvelle secte, je crois.
Tout en lui laissant peu d'espoir, ne sachant pas
vos intentions, je lui ai dit de revenir.

— Vous auriez mieux fait de lui répondre de
suite négativement. Mais comment n'avez-vous
pas congédié plus tôt cet intrus?

— Il a insisté pour me montrer des plans,
des listes.

— Vous devriez tenir tous ces gens-là à dis-
tance ; je ne m'explique pas que ce quémandeur
soit resté une heure ici.

— Que voulez-vous que je vous dise, mon
oncle ? — interrompt Sibyl, qui est heureuse de
se dérober à cet interrogatoire, et qui craint de
laisser paraître l'altération de ses traits, d'autant
plus que M. Tranchard l'observe avec une attention toute particulière. Il était trop expérimenté dans la vie pour ne pas se douter que
c'était un des nombreux admirateurs de sa nièce.
Allons donc ! pouvait-on lui en remontrer ?

Il garda la chambre une semaine ; puis, le
docteur l'ayant déclaré complétement guéri,
avec l'assurance qu'il vivrait aussi vieux que
Mathusalem, — ce qui fit faire à Sibyl de pé-
nibles réflexions, — il commença quelques promenades, d'abord dans le parc, puis au dehors.
Quelle situation pour Sibyl ! Il lui fallait mentir
à ses impressions, à ses sentiments, ne rien
laisser paraître du passé ; elle reculait avec un
superbe sang-froid le moment décisif où elle

aurait une explication avec sir Wilford Cardonnel,
qui de jour en jour devenait plus pressant, ne
se sentant jamais découragé ; il avait vu tant de
femmes se jeter à sa tête ! Les hésitations réser-
vées de Sibyl étaient même un aliment à sa
passion. Après mûres réflexions, il crut qu'une
invitation de plusieurs semaines à M. Tranchard
et à sa nièce pourrait peut-être amener une intimité de voisinage qui déciderait de la situation.
Après une longue conférence avec mademoiselle
Phœbé, qui ne fut pas sans protester, on convint que la chambre rose serait réservée. Puis
il partit pour Readcastle, au grand galop de son
pur sang normand. Les premières personnes
qu'il rencontra furent Sibyl et sa sœur Maria,
se promenant dans le jardin.

— Que je suis heureux de vous voir toutes
deux ! — dit-il après un gracieux salut ; — peut-
être suis-je indiscret ? C'est une invitation que
je vous apporte de la part de ma sœur Phœbé,
et j'ai l'espoir que mon message, présenté peut-
être un peu brusquement, recevra bon accueil.

Nous aurons les courses, et nous vous attendons.

— Mon oncle est si souffrant ! s'empressa de dire Sibyl, comme excuse.

— C'est une raison de plus pour prendre mon invitation en considération ; le grand air lui fera du bien. Si mademoiselle Maria veut bien nous faire le plaisir de vous accompagner, ma sœur serait enchantée de la recevoir.

— C'est très-aimable, et j'accepte ! — répondit Maria en rougissant jusqu'aux oreilles. — J'adore les courses.

— Je n'aurais jamais cru, — riposta Sibyl, — que vous puissiez être aussi enthousiaste pour les courses. Vous ne les avez encore vues qu'une fois ! En voilà une passion spontanée !

En réalité, elle était vexée de cet empressement de Maria à accepter l'invitation du jeune baronnet.

— Ah ! mademoiselle Sibyl, vous ne pouvez pas être moins aimable que votre sœur, n'est-ce pas ? Je n'ai plus qu'à solliciter M. Tranchard.

Et ensemble, ils se dirigèrent vers la maison.

M. Tranchard occupait un fauteuil près d'une croisée. Il eut un salut plein d'aménité pour sir Wilford, qui lui fit son invitation.

— Ne vous occupez pas de nos plaisirs, mon oncle ! — murmura Sibyl, — pensez à vous. Une réunion nombreuse pourrait vous causer de la fatigue !

— Voyons ! je ne suis pas encore si bas que cela ! J'accepte, et serai fort heureux de passer quelques jours à Green-Hill.

— Ah ! voilà qui est bien ! Nous vous attendons donc samedi ! Vous savez, mesdemoiselles, que toute mon écurie est à votre disposition, s'il vous est agréable de monter à cheval !

— Ce sera délicieux ! — s'écria Maria ; — oh ! que j'ai eu du chagrin depuis qu'il ne nous a plus été possible de monter le poney de notre oncle !

Sir Cardonnel était ravi. Il prolongea sa visite, et ne prit congé que tard dans la soirée.

Après son départ, Maria dit :

— Oui ; mais je n'ai pas de toilette.

— Il fallait alors refuser ! — dit Sibyl. — Tu

as bien dû voir que sir Cardonnel ne t'invitait que parce qu'il ne pouvait pas faire autrement.

— Tu es méchante, Sibyl!

— Allons donc! mais tu dis toi-même que tu n'as pas de toilette?

— Il aurait fallu être plus héroïque que je ne le suis pour ne pas accepter une invitation inespérée et si tentante.

Ce disant, Maria fondit en larmes.

— Qu'a-t-elle donc? — demanda l'oncle Tranchard. Puis s'adressant à elle : — On ne vient pas ici pour pleurer; si vous vous y trouvez malheureuse, il vaut mieux rester chez vous!

— Oh! mon oncle, ce qui me rend malheureuse, c'est d'entendre Sibyl me jeter ma pauvreté à la tête, me répétant que je n'aurais pas dû accepter l'invitation de M. Cardonnel, vu l'état mesquin de ma garde-robe.

— Si c'est cela qui vous désole, je vous ouvre un crédit chez mon fournisseur.

— Oh, mon oncle, que vous êtes bon! — dit-elle en se jetant dans les bras du vieillard.

Le lendemain, Sibyl et Maria, la première avec assez de bonne grâce, donnant même son goût, commandèrent trois toilettes élégantes.

— Oh! tu es bien aimable, — dit Maria à sa sœur, — ton bon goût seul pouvait guider mon choix. Merci, mais sois franche! Dis-moi pourquoi tu étais hier au soir de si mauvaise humeur?

— Je ne voulais pas accepter l'invitation de sir Wilford Cardonnel.

— Mais tout le pays répète que tu es la future lady Cardonnel.

— Tout le pays se trompe!

— Tu ne parles pas sérieusement?

— Tu verras!

Sur quoi, elles se quittèrent. Maria rentra chez son bon oncle Robert, qui fut bienheureux d'apprendre le plaisir qu'allait se procurer sa nièce. Esther et Jenny se mirent tout de suite à l'œuvre pour aider leur sœur. La maison fut mise sens dessus dessous. Mais que faisait cela? Le docteur savait que Maria était heureuse, cela lui suffisait. Elle lui manquerait beaucoup assurément, mais qu'importait ! Quant à Jenny, elle se faisait une joie incroyable ; c'était elle qui allait tenir la maison.

Au jour indiqué, par une matinée splendide, M. Tranchard et Sybil arrivaient à la porte du docteur Fauthorpe, nonchalamment étendus dans le luxueux landau. D'un bond Maria fut près d'eux, et la voiture partit, au grand trot de ses magnifiques coursiers. Du pas de la porte, le brave docteur envoya à sa nièce un baiser d'adieu. Elle était bienheureuse ; mais ce baiser lui alla au cœur, et ses yeux se remplirent de larmes. Elle l'aimait réellement, son bon oncle, et elle savait que huit jours d'absence allaient lui paraître bien longs !

— Encore des larmes ! — s'écrie monsieur Tranchard, qui a horreur de tout attendrissement. — Puis-je en connaître la cause ?

— Je n'ai pu me défendre d'un peu d'émotion en quittant mon oncle Robert.

— Si la séparation était si douloureuse, vous eussiez mieux fait de rester chez lui.

— Sibyl, — dit Maria en s'adressant à sa sœur, veux-tu lire la charmante lettre que m'a écrite miss Phœbé pour confirmer l'invitation de son frère ?

La réponse fut qu'elle ne dépassait pas les étroites limites de la stricte politesse.

Par un temps pareil, et dans un pays aussi riche, la promenade ne pouvait qu'être très-agréable. Peu à peu Sibyl devint moins soucieuse qu'au départ, plus gaie, plus affable pour sa sœur ; elles s'entretinrent avec assez d'aménité, discutant le mérite des invités et les toilettes qu'elles verraient.

A leur arrivée à Green-Hill, M. Tranchard et ses deux nièces furent reçus par le jeune baronnet. Quant à mademoiselle Phœbé, qui avait à son bras son amie intime Cécilia, elle se retira, après un froid salut, laissant ses jeunes invitées sous la garde de madame Parker, la femme de charge, qui avait reçu d'elle mission de conduire ces dames à leurs appartements respectifs.

Après un rapide changement de toilette, elles

redescendirent au salon. Le jeune baronnet s'empresse auprès de Sibyl, et Frédéric prend le bras de Maria, et ensemble ils se dirigent vers la salle à manger, où madame Stormond leur adresse un sourire protecteur; en voyant l'empressement de son fils pour sa charmante compagne, elle pense que M. Tranchard laissera bien à celle-ci force livres, mais que c'est bien peu pour un jeune viveur comme Frédéric.

CHAPITRE XIV

Le dîner fut des plus gais. Sir Wilford Cardonnel se multipliait pour tous ses hôtes; mais ses plus grandes attentions, ses prévenances les plus chaleureuses étaient toutes pour Sibyl, qui, de ce jour, s'attira l'antipathie de toutes les mères de famille évincées dans leurs espérances. Leur fureur est telle qu'elles vont même jusqu'à critiquer la beauté et la santé de la jeune femme.

— Quelle fatalité d'épouser une poitrinaire !
— s'écrie madame Rawdon d'un ton lugubre.

Sur quoi la fille répond :

— Oui, pour avoir des enfants naissant avec le germe de cette odieuse maladie.

— On est bien coupable de se marier dans de pareilles conditions de santé ! — ajoute une autre.

— Le mariage devrait être interdit à toute personne atteinte de phthisie ! — reprend madame Rawdon.

— Voilà un excellent bill à proposer au Parlement.

— Tout en admirant la grâce et l'esprit de mademoiselle Sibyl, je la trouve trop habile à tirer son épingle du jeu.

— Assurément, elle poursuit un but, d'avance bien arrêté.

— Mais son jeu n'est que de jouer l'indifférence, pour mieux retenir sir Cardonnel.

— Cette alliance, — dit une vieille douai-

rière, — est le vœu le plus cher de M. Tranchard.
La belle Sibyl a su si bien accaparer les bonnes
grâces de son oncle qu'il ne compte, dit-on, rien
laisser à ses deux autres nièces. Car j'ai appris
qu'en plus de Maria, il y en avait une autre chez
le docteur Fauthorpe.

D'après cela, on peut juger des dispositions
de la société réunie à Green-Hill contre Sibyl,
qui ne paraissait nullement s'en apercevoir.
Dans les soirées, elle s'installait au piano, et, sur
cet instrument, c'était une véritable artiste. Elle
charmait alors son auditoire, interprétant tous
les plus grands compositeurs avec un talent réel.
Sir Wilford Cardonnel, qui, sans être musicien,
aimait la musique, était enthousiasmé. Quelle
supériorité sur Phœbé et Lavinia !

En un mot, le succès de Sibyl était complet,
en dépit de toutes les critiques. Frédéric Stormond, la trouvant inabordable, faisait un siége
en règle à Maria, ce qui avait été accepté par
madame Stormond, qui disait qu'à défaut de
grives, on peut bien manger des merles.

9.

Le lendemain fut consacré à la visite des écuries, cela en vue des courses du mardi. Tous les chevaux furent passés en revue, puis acceptés par chacun des convives; les plus jeunes, bien entendu, car les vieux et les vieilles préféraient les véhicules.

— Monsieur Frédéric, monterez-vous le vôtre? — demanda sir Wilford Cardonnel à son hôte.

— Assurément!

Sur quoi, on amena Hollandais.

— D'où peut venir un pareil animal? — s'écria le général Mac Trower; — je n'ai jamais vu cette haridelle dans vos écuries, sir Wilford.

— C'est le cheval de M. Frédéric Stormond.

— Veuillez m'excuser, monsieur Stormond; cet animal peut néanmoins avoir à son actif de belles actions.

— Oui, général; Hollandais perd beaucoup au repos.

— Puis-je compter sur vous pour escorter mademoiselle Maria? — lui demanda sir Wilford.

— Enchanté.

— Y a-t-il longtemps que vous n'avez monté à cheval? — demanda le jeune baronnet à Maria.

— Pas depuis mon enfance; mais j'adore le cheval!

— N'avez-vous aucune crainte?

— Aucune! et je serai heureuse.

— Chaucer, amenez Fisia! — dit-il à un de ses grooms; puis se reprenant, il ajouta : — A-t-elle perdu le goût de ses sauts?

— Voilà sept ans qu'elle ne court plus! — répondit le groom.

— Très-bien; je suis rassuré sur le sort de miss Maria, elle aura un excellent protecteur en Frédéric Stormond. Maintenant, sortez Junon. C'est la bête que je vous destine, miss Sibyl. Ma sœur Phœbé l'a désirée bien des fois, mais elle est si forte que j'ai refusé.

Le rouge monta à la figure de Phœbé, qui répondit aigrement :

— Lorsque j'aurai besoin d'un cheval, ce n'est pas vous que je chargerai de le choisir.

Junon était une superbe bête, aux formes

fines et hardies et à la robe splendide. Tout le
monde s'extasia. Ah! décidément, Sibyl avait
bien établi sa conquête; il ne fallait pas en
douter, pensait-on. Mais seraient-ils déjà fiancés, par hasard? La majorité était pour l'affirmative. Cependant sir Wilford n'en était qu'à la
volonté bien arrêtée d'offrir son cœur et sa main
à la belle Sibyl. Que d'occasions il a cru saisir
pour se prononcer! Mais non, Sibyl a trop
d'adorateurs! Ils l'entourent tous comme des
satellites gravitant autour d'un astre brillant.
Comment hasarder une déclaration? C'est impossible, et il n'ose pas. Mais son espoir, sa
résolution restent immuables.

Le jour des courses arrivé, il tint à mettre
lui-même son idole en selle, avec des soins et
des prévenances qui ne pouvaient échapper à
personne.

Quant à Maria, elle se récria sur la hauteur
de l'animal qu'on lui amena.

— Que c'est haut! — dit-elle, — que c'est
haut! Ah! vous ne m'abandonnerez pas, monsieur

Frédéric? Puis elle poussa un petit cri lorsque l'animal commença à se mouvoir. Mais on se mit en marche, sans attacher d'importance à cette petite frayeur; les groupes se séparèrent, prenant chacun une direction fantaisiste, pour se perdre dans les sinuosités du bois. Sir Wilford était parvenu, avec Sibyl, à gagner une allée solitaire, il allait donc enfin pouvoir parler. Ah! comme elle lisait son triomphe dans les yeux du jeune baronnet. Tout à coup ils entendent des cris confus : ils galopent vers l'endroit d'où paraissent partir les cris; on entourait une amazone à demi évanouie : c'était Maria.

— Ce n'est rien. Je ne comprends pas ce qui s'est passé; je suis tombée! — dit-elle à sa sœur, qui d'un saut léger avait mis pied à terre et s'était précipitée vers sa sœur. Mon cheval a fait un écart, puis...

— Ce qu'il y a de vrai, c'est que tu n'as pas l'habitude du cheval.

Sir Wilford la fit monter dans le landau près

de Phœbé, puis on se remit en route sans autre accident.

Les courses étaient magnifiques; un temps superbe avait amené beaucoup de monde. Au retour, sir Wilford, bien décidé à ne pas reculer sa déclaration, entraîna Sibyl dans une allée étroite d'où l'on n'entendait plus que le pas cadencé des chevaux.

— Nous paraissons comme des ombres dans le brouillard! — dit sir Wilford à sa compagne.

— Pourvu que nous ne nous égarions pas.

— Je voudrais errer ainsi toute la nuit.

— Quelle idée!

— Vous n'avez pas peur avec moi, Sibyl, n'est-il pas vrai?

— Non! répond-elle vivement, car j'ai confiance en vous.

— Écoutez, Sibyl, je n'ai peut-être qu'un instant pour vous dire que le désir de mon cœur, le rêve de ma vie, c'est d'être toujours votre protecteur. Je vous aime depuis le jour où je vous ai vue pour la première fois; le son de

votre voix est resté dans mon cœur; vos sourires
ravissent mon âme, et vos regards sont pour
moi comme un feu céleste, un météore lumineux ! Ah! Sibyl, laissez-moi vous déclarer mon
amour et vous adjurer de m'accorder votre
main !

— Il m'est impossible d'agréer vos vœux,
— dit Sibyl d'une voix émue et tout en pâlis-
sant; — je dois décliner l'honneur que vous me
faites.

— Comment! que voulez-vous dire?

— Je vois trop maintenant que j'ai eu tort
de vous laisser entraîner à cet espoir.

— Ah! vous aimez, Sibyl! c'est pourquoi
vous ne pouvez disposer de votre cœur? Mais
songez donc que personne ne vous aime autant
que moi! — s'écrie-t-il en couvrant de baisers sa
main, qu'elle retire vivement en disant simplement :

— Je ne saurais vous faire qu'une réponse !

— Laquelle, mon Dieu !

— Hélas, toujours la même!

— Vous ne voulez pas dire un non bien réel, n'est-ce pas? Vous êtes assez généreuse pour ne pas vouloir m'infliger ce supplice; mais vous me faites souffrir. Il ne s'agit pas au moins de Frédéric Stormond?

— S'il m'inspirait un sentiment quelconque, ce serait de l'aversion.

— Qui donc est-ce, alors?

— Ne cherchez pas, sir Wilford; voulez-vous me promettre de garder fidèlement un secret? je vous expliquerai tout!

— Je vous donne ma parole de gentilhomme!

— Alors je vais vous raconter ma vie, et vous mettre au courant de ma situation. C'est une histoire bien longue et bien compliquée. A l'époque où mon oncle est revenu de l'Inde, j'étais gouvernante, un emploi auquel je suis des moins aptes; néanmoins j'y fus heureuse. Un habitué de la maison Wazleton, — c'était là que je me trouvais, — m'adressait souvent la parole; il m'inspira à la fois estime et amour.

— Pauvre enfant! un sentiment passager,

un attachement romanesque, dont le temps triomphe facilement!

— Vous vous trompez, car nous nous mariâmes secrètement! Nous étions l'un et l'autre sans fortune; mon mari est le fils du plus grand ennemi de M. Tranchard. Mon unique chance d'hériter de celui-ci est de lui cacher mon mariage. Vous êtes la seule personne qui sachiez combien ma position est fausse; et si vous me trahissez, je suis perdue!

— Vous trahir! Pour qui donc me prenez-vous? Comment! vous êtes mariée et votre mari existe!

— Parfaitement!

— Est-il possible d'être le complice de pareilles tromperies?... de pareilles roueries? Oh! pardonnez-moi le mot!

— Je vous le pardonne de grand cœur; si vous saviez à quel degré de misère j'étais tombée, vous me pardonneriez vous-même l'essai que je fais de reconquérir l'héritage de mon oncle.

— Pour moi, votre mari ne mérite que le mépris!

— Oh! il n'est pour rien dans tout ce que j'ai fait; mes rêves de fortune lui sont odieux.

— Mais alors, pourquoi persister dans ce système d'intrigues?

— Mon oncle ne peut plus vivre bien longtemps! Un tel aveu serait peut-être funeste et inutile à tous. Mais si mon mari m'aime comme je l'aime toujours, l'avenir nous dédommagera du passé. J'ai tant besoin de bonheur! Si vous saviez, sir Wilford, ce que c'est que d'être sans ressources! Dans votre position de fortune, vous ne savez pas ce qu'il y a d'amertume à savoir que l'on est pauvre! Cette seule pensée devrait vous rendre indulgent pour moi.

— Vous avez bien souffert, oh oui! je le sens, je le comprends. Vous avez été bien découragée! Mais, moi, pourquoi m'entretenir dans une illusion qui devait aboutir à un cruel désappointement? Malgré cela, je vous remercie de m'avoir pris pour confident. Vous pouvez

compter sur ma discrétion et mon silence; et
puisque tout espoir est perdu, que mon rêve
est mort, permettez-moi de vous dire que vous
avez en moi un ami sûr et dévoué.

Un succulent dîner attendait les invités de
sir Wilford. Sibyl en eut tous les honneurs ;
mais l'œil pénétrant de M. Tranchard avait
déjà remarqué des signes d'émotion dans la
physionomie de sa nièce : sir Wilford avait donc
fait sa déclaration? Elle avait accepté sans
aucun doute? Le retour des courses ne pouvait
être qu'une affirmation; ils étaient seuls! ils
se sont causé! De quoi? Assurément ce ne pouvait être que le dénoûment? Et ce dénoûment
devait déclarer Sibyl lady Cardonnel.

Cependant, il ne pouvait s'empêcher de remarquer la froideur de sir Wilford, froideur bien
plus accentuée lorsque Sibyl, après un morceau
de Mozart brillamment exécuté aux applaudis-
sements de tous, le jeune baronnet s'abstint.
Qu'y avait-il donc? A ce moment, un laquais
annonçait : *M. Joël Pelgrinn!*

M. Joël Pelgrinn? c'était un nom inconnu de tous! Qui peut être? On examinait le nouveau venu. Mais quelle surprise quand on vit M. Tranchard se lever, et, lui tendant la main, lui demander qui l'amenait, à pareille heure et surtout ici !

— Une affaire urgente, — répondit l'étranger; — une affaire pour laquelle je viens réclamer vos lumières et vos conseils. Sir Wilford, je l'espère, voudra bien excuser mon indiscrétion.

— Les amis de M. Tranchard sont toujours les bienvenus chez moi; vous accepterez, je pense, notre dîner, et une chambre est à votre disposition.

— Vous êtes vraiment aimable ! — répondit l'étranger en regardant d'un œil interrogateur M. Tranchard, qui répondit :

— Comme vous n'avez pas vos bagages, vous ferez mieux, je crois, de retourner à Readcastle Veuillez me suivre dans la bibliothèque, nous causerons affaires; notre entretien, du reste, ne sera pas bien long.

Le nouveau venu salua et remercia en balbutiant sir Wilford. Après son départ, ce fut comme un soulagement pour toute l'assistance.

— Quel *type!* — s'écria madame Stormond. — Connaissez-vous cet étranger, mademoiselle Sibyl?

— Je ne l'ai vu qu'une fois. C'est un ancien ami de mon oncle; ils se sont connus dans l'Inde.

L'air contrarié de M. Tranchard à l'arrivée de l'étranger n'avait échappé à personne. Une grosse heure se passa; puis l'on entendit le roulement d'une voiture : c'était l'inconnu qui partait.

— Ne trouvez-vous pas étrange que M. Tranchard n'ait pas engagé son ami à profiter de l'hospitalité de sir Wilford? — demanda M. Stormond à sa femme.

— Si. Du reste, il fait noir comme dans un four, et les cochers sont si souvent ivres le soir; un accident est bien vite arrivé.

— Et M. Tranchard ne serait peut-être pas

fâché de le savoir au fond d'un fossé d'où il ne
sortirait jamais!

Le lendemain, M. Tranchard annonça qu'il
était obligé de repartir : il avait, disait-il, reçu
des lettres pressantes; entre autres choses, le
gouvernement lui proposait l'achat de différentes
propriétés et voulait entrer en négociations im-
médiates. On fut bien un peu surpris de l'attitude de sir Wilford, prenant si facilement son
parti de se séparer de celle qu'il aimait; il devenait évident qu'ils étaient fiancés et que le
départ de M. Tranchard n'avait pour but que le
règlement de la dot. Quant à Sibyl, elle était
enchantée, bien qu'elle n'eût qu'à se louer de la
tenue de sir Wilford à son égard; ils s'étaient
parfaitement compris, et lui n'avait pas manqué
à sa parole. Maria était désolée; elle allait re-
tomber dans la monotonie de sa vie habituelle.
Mesdemoiselles Cardonnel dissimulent mal, elles,
la satisfaction qu'elles éprouvent de ce départ.
Ce sentiment était peut-être bien partagé par
toutes les femmes; mais on ne pouvait se com-

muniquer pareille impression. En revanche, les hommes manifestaient ouvertement leurs regrets. Au moment du départ, sir Wilford s'avança près de Sibyl et lui dit tout bas :

— Vous avez brisé mon cœur, mais vous pouvez compter sur mon dévouement.

Dès que M. Tranchard se trouva seul avec Sibyl, il lui dit :

— Nous trouverons chez moi quelqu'un que je désire vous voir traiter avec beaucoup d'égards; c'est mon meilleur ami !

— M. Joël Pelgrinn ?

— Oui, mon enfant, j'ai avancé mon départ, et j'ai invité Joël pour la huitaine. J'aime à croire que cela ne vous contrariera pas trop. Mais voyons, parlez-moi franchement ; sir Wilford vous a demandé votre main et vous avez accédé à ses vœux?

— Non, mon oncle, et plus que jamais je suis loin de devenir lady Cardonnel.

— Je le regrette beaucoup ; car je croyais que tout était arrangé entre vous.

— En vérité, je ne m'explique pas votre impatience de me marier ! C'est peu flatteur pour moi.

— Je me fais vieux, ma chère enfant, et mon rêve est de vous voir de mon vivant riche et heureuse.

Sibyl s'étonna alors de la sollicitude de son oncle pour son avenir. Ne devait-il pas lui laisser son immense fortune ?

En arrivant à Lancaster-Lodge, Sibyl se vit offrir la main par M. Joël Pelgrinn ; ce contact lui fit éprouver une sorte de répulsion.

— Je suis bienheureux de vous voir, — dit l'étranger à M. Tranchard ; — je craignais que les charmes de la vie de château...

— Vous devez savoir que lorsque je promets, je tiens, — répondit M. Tranchard avec une brusquerie qui ne lui était pas naturelle. Sibyl, à laquelle ce mouvement d'impatience n'avait pas échappé, prétexta la nécessité de faire sa toilette pour le dîner, et s'enfuit dans sa chambre toute songeuse ; cet étranger lui produisait l'effet d'un

reptile; elle en avait presque peur. Puis, pourquoi cette attitude embarrassée de son oncle? Il
y avait là un mystère; lequel? Son imagination
se perdait en une foule de conjectures; et après
le dîner, qui fut d'un calme froid, quand elle
resta seule avec son piano et ses livres, il est
probable que si Alexis se fût présenté, elle n'aurait pas hésité à abandonner toutes ses chances
de richesse pour suivre la future fortune bien
mal équilibrée de son mari.

CHAPITRE XV

Après sa visite à Lancaster-Lodge, Alexis était
revenu à Chelswood, le cœur brisé; il ne chercha
plus qu'à s'étourdir. Il appela près de lui son
ami Richard; puis ce furent des chevauchées
diaboliques. Son écurie était bien montée, et Dieu
sait s'il en abusait! De l'avis de tous, un malheur

était inévitable. Le cherchait-il? Peut-être. Son
ami mit toute son éloquence à lui persuader de
se défaire de son cheval favori, Bayard. Rien
ne fit.

—Ah, mon ami, cessez! — dit un jour Richard;
— on finira par vous ramener mort ou à peu
près.

— Voilà une catastrophe dont on se conso-
lerait facilement.

— Vous parlez mal! — dit Richard d'un ton
froissé.

— Pardon! mon ami. Je sais bien que votre
cœur aurait toujours un souvenir pour moi;
mais votre affection ne saurait égaler la satisfaction de mon héritier légal. Mais, à propos,
qu'est-ce? Il va falloir que je consulte. La reconnaissance m'impose de laisser la fortune que m'a
léguée mademoiselle Secretan à l'héritier de
mon nom. Pour ce qui m'appartient en propre,
j'en disposerai en faveur de la personne qui
m'aura inspiré un sincère attachement.

Le lendemain, Alexis faisait rédiger, chez le

notaire de l'endroit, un testament qui ne renfermait que deux clauses. Par la première, il lègue à son plus proche parent du côté paternel toutes les propriétés qu'il a reçues de mademoiselle Secretan; par la seconde, sa fortune personnelle est réservée à son ami Richard Plowen. Après quoi, il pensa que Bayard pouvait le tuer maintenant; il avait au moins fait une bonne action dans sa vie.

Les deux amis firent ensuite leur projet pour une promenade : Alexis ferait une course à travers bois; Richard devait se rendre à un petit village dont il désirait étudier l'église au point de vue architectural. La vérité, c'est que, dans une de ses excursions intérieures, il avait remarqué une jeune fille aux lèvres vermeilles, au teint frais, à la taille souple, à la démarche onduleuse, toute gracieuse, pleine de candeur, butinant de fleur en fleur dans un vaste jardin dont elle était certes le plus bel ornement; et il s'était hasardé à lui adresser la parole :

— Il fait bien froid pour jardiner?

— Mais c'est très-supportable. Ah! les perce-
neige ne tarderont pas!

— Oui, la blanche et triste fleur d'hiver!
répondit Richard en frissonnant.

— Si vous avez froid, pourquoi ne viendriez-
vous pas vous réchauffer à la maison?

Richard ne s'était pas fait prier, avait suivi
la jeune fille, et, un moment après, il péné-
trait dans une pièce assez élégante, où se
trouvait un ravissant bébé qui accourut en
criant : *Maman!* et en tendant ses petits bras
vers la jeune fille. Richard était stupéfait;
sa jolie hôtesse n'avait pas l'anneau du mariage!

— Quel amour d'enfant! — dit-il; — votre
neveu, sans doute?

— Non! — avait-elle répondu en rougissant;
— c'est un enfant adoptif.

Il n'en avait pas su davantage; mais depuis,
Richard et Linda Chalier (c'était le nom de la
belle jeune fille) s'étaient rencontrés bien souvent. L'enfant était comme un trait d'union;

Richard lui apportait des joujoux, et l'enfant appelait alors sa *maman*.

— Venez donc un dimanche; vous ferez connaissance avec mon grand-père, dont ma mère devait être l'unique héritière! — dit-elle un jour.

—Elle était bien belle, ma mère, paraît-il; car mon père, qui était peintre, l'épousa pour sa beauté; mais elle mourut en me donnant le jour; et lui, peu de temps après, dans un voyage en Italie, la rejoignit, emporté par une fièvre pernicieuse. Je restai seule avec mon grand-père; je n'ai jamais quitté ce village; je n'ai jamais eu d'autre toit que celui de ce moulin, et je serais restée tout à fait ignorante, sans notre bon vicaire, qui me prit en pitié et m'enseigna le français et l'italien. Il est mort lui aussi; mais son souvenir est dans mon cœur!

Depuis lors, les visites de Richard avaient été presque journalières; il aimait à entendre cette voix fraîche et jeune racontant ses souvenirs, et lui, sans se rendre compte du charme qui l'attirait, écoutait presque en silence. Un mot

10.

d'interruption de sa part lui eût paru une pro-
fanation.

Ce jour-là, il trouva comme d'habitude sa
gentille amie au milieu de ses fleurs ; Bébé avait
accompagné sa pseudo-maman. Ensemble ils
s'assirent sur un banc rustique. Depuis longtemps ils causaient, elle de son passé, lui de ses
aspirations à venir, lorsqu'un domestique accourut en nage, couvert de poussière.

— Qu'y a-t-il, Jean ? Qu'est-il arrivé ? —
s'écria Linda.

— Un accident à un cavalier. Il a le bras cassé
en deux endroits, et de plus le sang lui sort à
flots de la bouche. On apporte le blessé, et je suis
venu tout courant vous prévenir.

Richard avait pâli ; un horrible pressentiment
lui dévorait le cœur ; et c'est avec émotion qu'il
demande si l'on sait le nom de ce cavalier.

— C'est, m'a-t-on dit, le squire de Chelswood !

Sur cela, il ne fit qu'un bond ; on apportait le
blessé sur un brancard. C'était bien Alexis, mais
dans quel état ! A peine parlait-il ; des mots

entrecoupés de cris de souffrance. Que disait-il ?
Il eût été bien difficile de comprendre : il ne
connaissait pas assez le pays... Bayard l'avait
emmené dans un chemin accidenté !... Puis...
il ne se souvenait plus..... Et il murmurait des
mots inintelligibles. Si l'on eût bien étudié le
mouvement de ses lèvres, on aurait vu qu'elles
murmuraient : *Sibyl*.

— Ne parlez pas trop, mon ami ! — dit
Richard. — Vous êtes dans une maison bien hos-
pitalière ; le médecin a été prévenu et il va venir.

— Je vous en prie, allez voir ce qu'est devenu
le pauvre Bayard !

— Soit, mais à une condition : c'est que vous
ne le monterez plus.

La tête d'Alexis s'affaissa sur l'oreiller, après
un signe de tête négatif, et il ferma les yeux.
Richard fit ce qu'avait demandé son ami et rentra quelques minutes après.

— Bayard est à l'écurie sain et sauf, — dit-il ;
— ne vous tourmentez pas.

Le docteur vint enfin. Après un long examen,

il constata la fracture d'une côte, en plus de celle du bras. Le cas n'était pas désespéré ; mais il faudra du temps et des soins, surtout ne pas le transporter. Richard alla tout de suite prévenir le maître de la maison de cette demande d'hospitalité forcée ; sur quoi le vieillard exprima ses regrets de ne pouvoir lui-même aider à veiller le malade.

— Linda ! Linda ! — appela-t-il.

— Me voilà ! — dit la jeune fille en accourant.

— Veux-tu aider M. Richard dans les soins à donner à son ami ?

— Mais oui, grand-père ; Élisabeth pourra, elle aussi, nous aider.

— Elle aura bien assez de garder l'enfant ! — répondit le docteur d'un ton bourru.

— Pauvre petit, il n'est cependant ni difficile ni exigeant ! — reprit Linda en rougissant et en levant vers le docteur un visage aussi troublé que celui qu'elle eut lorsque Richard lui demanda si l'enfant était son neveu.

Pendant deux mois, Alexis fut entre la vie et

la mort; il avait des moments de repos presque
léthargiques; puis, tout à coup, il se redressait,
criant :

— Ah! la voilà!

— Qui?— demandait Richard, transformé en
garde-malade.

— Sibyl! Elle est bien bonne d'être venue
pour me soigner.

— Ce n'est pas Sibyl! Mais votre garde-malade, eût-elle été votre sœur, ne vous eût pas
mieux soigné que ne l'a fait miss Linda.

— Oh! mon Dieu, quel chaos dans mes idées!
Ma pauvre tête se fend! Mais, Richard, comment
avez-vous pu vous procurer des violettes en
février?

— En février? Nous sommes en avril.

— En avril? J'ai donc perdu tout souvenir?
C'est vrai! ma mémoire elle-même me fait défaut! Alors, j'ai été bien malade?

— Oui, et sans les soins dévoués de miss Linda,
nous n'aurions jamais pu vous sauver.

— Vous ne dites pas, — répondit Linda à

moitié cachée dans les rideaux, — que vous avez fait plus que moi.

— Je n'ai fait que suivre vos instructions.

— Vous êtes le meilleur des amis! — reprit Alexis. — Quant à mademoiselle Linda, je lui suis bien reconnaissant de l'intérêt qu'elle a bien voulu témoigner à un inconnu.

Il fit un mouvement vers elle; il voulait tout au moins lui tendre la main; il retomba sur son oreiller en jetant un cri de douleur.

— Pourquoi tenter l'impossible et retarder votre guérison! — lui dit Linda d'une voix bien douce.

— Ma guérison! Ah! je ne puis pas rester ainsi! Il faut bien que je secoue mon inaction.

— Cela viendra bientôt; vous allez mieux assurément, mais il vous faut encore de la prudence. Prenez une tasse de thé. Vous la boirez tout seul aujourd'hui; vous voyez bien que vous devenez fort.

— En voilà une preuve de force, boire seul une tasse de thé! — répondit-il en souriant. —

Je voudrais bien retourner à La Grange et ne pas abuser plus longtemps de votre généreuse hospitalité.

— Non, non ! le docteur a ordonné que vous restiez encore ici trois semaines.

— Je suis honteux de la peine que je vous ai donnée.

— La seule peine que j'ai eue, c'est la crainte que vous ne vous trouviez pas bien ici. Bonsoir, monsieur Secretan ! M. Richard vous veillera encore cette nuit, mais pour la dernière fois.

— Eh bien ! — dit le lendemain Linda à Richard, — comment trouvez-vous notre malade?

— Son état de prostration m'effraye ; il faudrait arriver à le distraire.

— Aime-t-il la lecture? Je la lui ferais.

— Ce serait un moyen.

Le résultat fut bien tel qu'on l'espérait. Alexis reprit peu à peu toutes ses facultés ; il causait, riait, critiquant de temps à autre le roman qu'on lui lisait. Peu à peu il reprit des forces, et enfin il lui fut permis de se lever, d'aller s'asseoir près de la fenêtre, d'où il voyait la campagne. Entre Richard et Linda, les jours peu à peu lui parurent moins longs. Il en arriva même jusqu'à espérer une prolongation de séjour.

Par une après-midi, ils causaient tous les trois ensemble, lorsque tout à coup on entendit derrière la porte cet appel : *Maman ! maman !* Linda courut ouvrir à un bébé aux cheveux bouclés, aux joues vermeilles, à l'œil étonné, aux longs cils noirs couvrant comme d'un nuage de magnifiques yeux bleus.

— Que veux-tu, Bébé ? — demanda Linda.

— Le monsieur me fait peur ! — répondit l'enfant, en se cachant dans les jupons de la jeune fille.

— N'aie pas peur, mon mignon, c'est le monsieur qui a été si malade ; va l'embrasser pour le guérir.

— Oh non ! je le déteste !

— Pourquoi donc ?

— Depuis qu'il est ici, Bébé est malheureux.

— Comment cela?

— Parce que je ne te vois plus.

— Quel joli enfant! — s'écria Alexis; — viens donc, petit amour. Votre neveu sans doute, mademoiselle Chalier?

— Non, c'est un enfant que mon grand père a adopté.

— Le fils d'un parent, d'un ami peut-être?

— Non; mon grand-père l'a adopté par simple raison d'humanité.

Peu à peu, malgré la première répulsion, le bébé et Alexis devenaient les meilleurs amis du monde, presque des inséparables.

— Ah! si vous n'étiez pas si tendrement attachée à ce cher petit, comme je vous supplierais de m'en confier la garde! — dit un jour Alexis à Linda.

— Je ne m'en séparerais pas pour tout au monde; j'ai assez souffert à son sujet pour que rien ne puisse m'en détacher.

— Que voulez-vous dire?

— Ne m'interrogez pas davantage, je vous en

11

prie ; ce sont choses trop douloureuses pour moi !

C'était là une réponse bien évasive ; mais il ne pouvait y avoir lieu pour Alexis à aucun soupçon. Soupçonner cette blanche colombe d'une faute ? Allons donc ! Tout ce qu'il sait, c'est qu'elle a souffert ; et il la plaint, et loin de s'en éloigner, il en arrive à aimer davantage ce cher innocent, coupable cependant des chagrins occasionnés à sa charmante hôtesse.

CHAPITRE XVI

Au mois de mai, Joël Pelgrinn était encore à Lancaster-Lodge. Sibyl commençait à croire qu'il y resterait toujours, et sa répulsion pour lui croissait de jour en jour.

— Si, au lieu de m'aimer, il me haïssait comme je le hais, — disait-elle après des démonstrations trop admiratives, — l'épreuve serait peut-être plus tolérable. Mais je ne puis supporter son ton doucereux, ses regards tendres ! il est vraiment insupportable. Du reste, que fait-il ? Il est dans le commerce ? Très-bien, mais lequel ?

Le temps s'écoulait, et elle se tenait toujours dans cette réserve désagréable vis-à-vis du commensal de son oncle. M. Tranchard lui en fit un jour l'observation, ajoutant qu'il avait été assez bon avec elle pour qu'elle fût au moins polie avec ses amis en général, et avec ce jeune homme en particulier.

— Un jeune homme ! — se récria Sibyl ; — mais il a au moins trente-cinq ans !

— Pour moi, mon enfant, il est très-jeune. J'éprouve un réel plaisir à retrouver en lui les traits de son père.

— Mais je croyais que sa présence vous était presque importune ?

— Quelle idée ! Parfois je suis fatigué de ses combinaisons financières ; — voilà tout.

— A l'avenir, mon oncle, je ferai tout mon possible pour surmonter l'aversion qu'il m'inspire…

— Et que rien n'explique! — riposta M. Tranchard. — J'aime à croire que vous ne le traiterez pas avec la même rigueur que sir Wilford.

— Que voulez-vous dire?

— Vous consentirez à devenir sa femme.

— Sa femme! Mais quelle rage avez-vous donc de vouloir me marier? Tout d'abord, vous vouliez me faire épouser sir Wilford; maintenant vous me jetez en pâture à Joël Pelgrinn, qui a du sang indien dans les veines.

— L'alliance de sir Wilford vous aurait, je crois, assuré de grandes chances de bonheur; vous l'avez refusé, soit! Mais je dois vous avouer que tous mes vœux tendent à l'union des deux êtres que j'aime le plus au monde : Sibyl Fauthorpe et Joël Pelgrinn.

— Moi épouser Joël Pelgrinn!!!

— Oui, pourquoi pas? Il vous aime, et son amour grandit de jour en jour.

— Lui! Ah! mon oncle, cette parole est pour moi plus douloureuse que la morsure d'un serpent.

— Quel enfantillage ! Vous n'êtes nourrie que de préjugés ! Oubliez-les et prenez en considération, je vous prie, les vœux de mon meilleur ami.

— Est-ce celui dont vous avez appris la mort, un soir, en lisant le *Times?*

— Oui ! — répondit le vieillard, après un silence qu'il avait employé à considérer sa nièce.

Bientôt, il ne fut plus question à Readcastle que des probabilités d'un mariage entre Sibyl et Joël Pelgrinn.

— S'ils n'étaient pas fiancés, — disait madame Stormond, — ils ne se promèneraient pas si souvent ensemble. M. Tranchard, sans tenir compte des inclinations de sa nièce, aura tenu à unir deux fortunes. Pauvre enfant ! Je suis bien sûre que, si elle avait écouté son cœur, elle aurait épousé mon Frédéric ! Mais je crois que, si l'on allait au fond des choses, on trouverait bien des nuages dans cet intérieur !

La digne femme avait raison ; car, à Lancaster-Lodge, l'avenir était gros d'orages, et

Sibyl, si elle n'avait pas été dominée par l'ambition, aurait bien voulu échapper au cercle fatal qui l'emprisonnait.

L'oncle Robert venait régulièrement toutes les semaines. Il avait été frappé des symptômes qui annonçaient la fin prochaine d'Étienne Tranchard ; il avait même fait part à Maria et à Jenny de ses impressions à cet égard. Il s'en était ouvert à Sibyl, qui venait lui rendre de fréquentes visites, pour échapper aux soins vraiment importuns de Joël Pelgrinn : elle restait alors de longues heures enfermée avec Jenny, à qui elle confiait ses chagrins.

— Ah ! que je suis malheureuse ! — dit-elle un jour, en éclatant en sanglots.

— Je le sentais. Depuis que tu viens si fréquemment, je m'en suis aperçue. Mais quel est le sujet de tes chagrins ? Il s'agit de LUI sans doute ?

— Qui, lui ?

— Mais de mon beau-frère !

— Oui, et de bien d'autres choses encore ! —

dit-elle en levant les yeux au ciel. — Oh ! je souffre !

— Ce n'est cependant pas le moment de te décourager.

— Comment cela ?

— Notre oncle Robert, et il s'y connaît, dit que M. Tranchard décline avec une rapidité effrayante, à ce point que Maria, — c'est entre nous, — a déjà fait ses préparatifs de deuil.

— C'est mal ce que tu dis là.

— Ah ! oui. J'avais oublié qu'il faut tourner sa langue sept fois dans la bouche avant de parler. Mais tu as l'air bien souffrante, ma sœur ? Qu'as-tu donc ?

— C'est une névralgie. Sais-tu où est le laudanum ?

— Là ! voilà l'armoire aux poisons ! — dit la jeune fille en désignant un mauvais petit meuble dans lequel Sibyl choisit un petit flacon couvert de poussière, qu'elle déboucha.

— Mais quelle odeur d'amande amère ! Je crains que tu ne te sois trompée et que tu n'aies pris l'acide prussique pour le laudanum. Montre-moi le flacon.

— Sois tranquille, je sais ce que j'ai fait ; j'ai mis avec le pèse-goutte quelque peu de laudanum dans un flacon.

— Alors je suis tranquille. Comme tu vas être heureuse, enviée, dans quelque temps ! Tu me garderas avec toi, n'est-ce pas ?

— Que tu es enfant !

— Tu me donneras un poney ?

— Mais tais-toi donc ! Surtout je te recommande la discrétion.

— C'est-à-dire que tu m'imposes un rôle de sourde et muette ! Sois tranquille, mais un jour je prendrai ma revanche.

Pendant ce temps, à Dorley-Mill, les jours s'écoulaient doucement, paisiblement. Alexis sortait chaque jour maintenant, appuyé sur le bras obligeant de Linda, et se soutenant, tantôt sur une canne, tantôt sur l'épaule de son charmant petit camarade, ce bel enfant, le gracieux Trott, qui ne le quittait pas plus que son ombre.

Ils sortaient toujours tous trois ensemble, causant familièrement comme de vieux amis.

— Que vais-je devenir sans lui ? — disait Alexis en regardant le bébé.

Pour toute réponse, un faible soupir s'échappa de la poitrine de Linda. Ce soupir, si faible qu'il fût, n'en avait pas moins été entendu par Richard, qui crut en deviner la cause.

Le docteur constatait de jour en jour une amélioration sensible dans l'état du convalescent, et l'assurait que, depuis quinze jours, il l'aurait autorisé à quitter Dorley-Mill, s'il ne l'y avait pas vu dans d'aussi bonnes conditions.

— C'est vrai, je suis ici on ne peut mieux : M. Benfield et sa petite-fille m'accablent de bontés, et ce petit camarade fait mon bonheur, — ajouta-t-il en passant la main dans les boucles blondes de l'enfant.

— Le malheureux ! — s'écria le docteur.

— Vous ne paraissez pas bien disposé pour mon petit favori !

11.

— C'est vrai ! Depuis qu'il est ici, il n'a été qu'un sujet de scandale.

— Que voulez-vous dire ?

— Son adoption par M. Benfield a donné lieu aux plus fâcheux soupçons.

— Pour moi, je ne vois là qu'une action très-louable.

— C'est également mon avis, mais tout le monde ne voit pas de même. Ma femme entre autres, et c'est un brave cœur, une nature d'élite, a rompu tout à fait avec mademoiselle Linda du jour où Trott a fait son apparition à Dorley-Mill.

— C'est bien étrange !

— Non, le mystère qui plane sur ce petit être abandonné prête à de singulières suppositions.

— Je ne vois rien là qui puisse faire soupçonner la vertu de mademoiselle Chalier.

— C'est absolument ma manière de voir, et je puis vous assurer que j'ai eu plus d'une fois l'occasion de rompre une lance en sa faveur.

— A-t-elle eu connaissance des mauvais propos tenus sur son compte ?

— Oui, et elle en a eu un profond chagrin.

— Pauvre enfant ! Je lui avais proposé d'adopter Trott ; mais elle a repoussé mes offres avec une émotion qui m'a empêché d'insister.

— Je n'en suis pas surpris. De père en fils, tous les Benfield naissent bons et généreux, incapables de réprimer les mouvements de leur cœur.

Après cette conversation, le docteur s'était retiré, laissant Alexis tout rêveur. Celui-ci passa la journée avec le jeune enfant, dont le rire joyeux et le babillage charmant lui apportaient comme un chaud rayon de soleil.

— Pauvre petit ! se disait-il, quel sera ton avenir ? Quel a été ton passé ? Comme je voudrais connaître ton histoire ! Mais il y a des voiles qu'on ne peut pas soulever !

Un jour qu'Alexis était descendu au village pour essayer ses forces, il se trouva à passer devant une auberge où étaient attablés trois

ouvriers. L'un d'eux demanda à un de ses cama-
rades, assez haut pour être entendu d'Alexis :

— Connais-tu ce *bourgeois?* On dit que c'est
le nouvel amant de mademoiselle Linda Chalier !

— Je ne sais pas ce que tu veux dire ? —
répondit l'autre.

— Allons donc ! tu ne peux pas avoir oublié
l'histoire de l'orphelin adopté par Linda Chalier ! Si c'est le premier, ça ne sera peut-être
pas le dernier de ses enfants adoptifs... *adoptifs !*
— reprit-il d'un ton significatif. — Je veux
dire, un de ses enfants....

Avant qu'il eût pu prononcer l'outrageante
épithète, il recevait en pleine figure un formi-
dable coup de poing.

— Vous allez me suivre chez l'officier de
police ! — dit à Alexis l'ouvrier furieux.

— Non, non ! — lui dit son camarade ; — je
te conseille de ne rien dire. Tu as eu tort d'attaquer la réputation de mademoiselle Chalier. Va
travailler, et laisse ce monsieur suivre son
chemin.

Alexis s'éloigna pâle de colère, tout en se demandant pourquoi l'insulte faite à mademoiselle Chalier l'avait si vivement impressionné. Il n'osa pas se répondre. Aurait-il perdu la paix du cœur dans ce calme asile où il avait recouvré la santé?

— Ah! Sibyl! c'est votre faute. Pourquoi avez-vous laissé prendre votre place par une autre? Non, je ne dois pas rester plus longtemps ici. Ma tête éclate quand je cherche à pénétrer le mystère de la naissance de cet enfant.

Quand il rentra, ses jambes flageolaient; son cœur battait à se rompre.

— Qu'avez-vous, mon Dieu? — s'écria Linda en courant au-devant de lui. — Mais, vous êtes malade?

— Non, ma chère demoiselle! Loin de là, le docteur m'a autorisé à retourner chez moi, et je compte partir demain.

— Demain?

— Oui, je ne puis abuser plus longtemps de votre hospitalité.

— Nous aurions été heureux de vous garder plus longtemps ! — dit Linda d'une voix tremblante.

Alexis ne voyait pas son visage ; mais Richard, qui avait tout vu, tout compris, sentit son cœur se déchirer devant cette poignante douleur.

CHAPITRE XVII

Le lendemain matin, Alexis se releva, l'esprit inquiet, l'âme tourmentée.

— Ah ! — se disait-il, — si on m'avait affirmé, il y a deux mois, que mon cœur battrait encore à la vue d'une autre femme que Sibyl, j'aurais crié au mensonge ! Ce n'est peut-être que de la reconnaissance ; cependant je crains... Si c'était de l'amour ? Oh ! c'est un sentiment qu'il me faudrait étouffer tout de suite !

En descendant pour le déjeuner, la première

personne qu'il rencontra fut Linda. Elle était
pâle.

— Hier, vous avez prétendu que je paraissais
malade! — lui dit-il. — Je puis aujourd'hui vous
dire la même chose; votre teint pâle ferait honte
à un beau lys.

— Je connais votre aventure d'hier! — fit-
elle pour toute réponse.

— Vous voulez sans doute parler de ma petite
altercation avec un de vos aimables voisins? Il
a dû apprendre à ne pas se moquer à l'avenir
des gens qui relèvent de maladie.

— Est-ce bien réellement parce qu'il se mo-
quait de vous que vous l'avez frappé?

— Je puis ressembler au chevalier de la triste
figure, mais je n'admettrai pas qu'on se moque
de moi!

— N'essayez pas de me tromper, monsieur
Secretan! Je sais tout, je vous le répète. Vous
n'avez pas pu entendre les atroces mensonges que
l'on débite sur mon compte depuis que nous avons
adopté Trott. Vous avez été indigné, oh! oui, bien

indigné! — ajouta-t-elle en éclatant en sanglots.

— Mais je suis heureuse, bienheureuse, de savoir que j'ai trouvé grâce devant vous! Merci!

— Grâce! Mais pour moi vous êtes digne de tous les respects, et je ne supporterai jamais qu'on vous calomnie devant moi. Je vous en supplie, expliquez-vous; dites-moi tout! Soyez franche avec moi; car. j'ai bien souffert, moi aussi.

— Je n'ai aucune confidence à vous faire. Non pas que je veuille cacher la vérité; mais les suppositions outrageantes auxquelles a donné lieu cette adoption sont autant de blessures que je ne veux pas rouvrir. Quant à l'abandonner pour cela, oh non! jamais!

— Dites-moi, je vous prie, tout ce que vous savez sur cet enfant. Je me sens pour lui autant d'affection que vous pouvez en avoir vous-même. Mon fils, s'il eût vécu, aurait été de son âge. Ah! croyez-le, depuis mon mariage, j'ai vu bien des nuages; mais je conserve encore l'espoir que tôt ou tard ma femme et moi serons réunis.

Racontez-moi, de grâce, tout ce que vous pouvez connaître sur la naissance de cet enfant! Un peu de pitié, je vous écoute.

— Il y a trois ans environ, un soir, j'aperçus une femme qui pleurait, chancelant sur ses jambes, et, pour se soutenir, s'appuyant sur le bord extérieur de la grille devant la maison. Elle tenait dans ses bras un enfant caché sous un manteau de loutre. Je lui demandai si elle était malade. « Je n'en puis plus! — répondit-elle. — Je viens à pied de Winchester, je suis exténuée de fatigue et de faim! » — Et en disant cela, elle tomba évanouie. L'enfant se mit à crier; je le pris dans mes bras. Depuis bien longtemps je savais soigner les enfants; pour la mère, je ne pouvais la laisser dehors. Il n'y avait pas à hésiter, la malheureuse vivait de pain et d'eau depuis sa sortie de l'hôpital, où elle avait accouché! Ce n'est pas un crime d'être né à l'hôpital, et cependant je le regrette pour mon cher petit Trott.

— Comment était donc la mère? Était-elle jeune?

— Je ne saurais trop vous le dire. Les soucis l'avaient tellement pâlie qu'elle ne devait être que l'ombre d'elle-même. En vain j'essayai de gagner sa confiance ; elle ne me dévoila ni son passé, ni ses espérances ; mais sa douleur m'inspira de la compassion, et pendant huit jours j'entourai la pauvre femme de tous mes soins. Quand elle parla de repartir, je lui demandai si elle avait un asile. Elle me répondit que oui, — ajoutant que, pour des raisons impérieuses qu'elle devait me taire, il lui fallait se séparer momentanément de son enfant. Elle me questionna pour savoir si je connaissais une honnête famille qui voudrait bien se charger de ce cher petit être pendant un an ou deux. Elle s'engageait à envoyer une somme assez ronde dès qu'elle serait arrivée à destination. Sur ma réponse que personne ne consentirait à se charger de l'enfant sans connaître les conditions de sa naissance, la pauvre femme fut prise d'un désespoir tel que j'eus peur : si elle se tuait elle et son enfant ! Je devais en avoir pitié. Mon

grand-père fut d'abord hostile à la chose ; mais
peu à peu j'en vins à bout, et, un beau jour,
la malheureuse mère nous quitta pour se rendre à Londres, nous laissant le petit déshérité.

— Savez-vous son nom ?

— A la rigueur je pourrais vous donner un
faux nom ; mais si les choses tournent bien, vous
saurez tout un jour.

— Tout cela est bien vague ! Avait-elle une
alliance au doigt ?

— Elle m'a dit l'avoir vendue pour acheter
du pain, et elle l'avait remplacée par une bague
d'argent.

— A-t-elle témoigné un grand regret en se
séparant de son enfant ?

— Elle pleurait à fendre l'âme, serrait le
pauvre petit être avec un mouvement convulsif
et l'embrassait avec transport.

— Depuis, vous a-t-elle donné de ses nouvelles ?

— J'ai reçu, à trois reprises différentes, une

banknote de dix livres sterling que j'ai mises de côté pour Trott.

— Quelle était la suscription des enveloppes?

— L'écriture indiquait une main peu expérimentée; je ne crois pas que ce soit là l'écriture de la mère de Trott.

— Pourquoi donc ce nom?

— C'est un sobriquet; car une semaine après le départ de l'inconnue, l'enfant a été baptisé sous le nom de William; c'est mon grand-père qui lui a servi de parrain.

— Pauvre petit! vous avez été sa providence. Que serait-il devenu, sans père ni mère, sans nom? Je vous prie de m'associer à votre bonne action en me chargeant des frais d'éducation de votre protégé; nous l'enverrons d'abord à Winchester, puis à Oxford; en un mot, nous tâcherons d'en faire un homme : c'est bien le moins que je fasse pour vous témoigner ma reconnaissance.

— C'est très-généreux de votre part; mais nous n'en méritons pas tant.

— Y a-t-il longtemps que vous avez reçu une banknote?

— Deux mois environ!

— Je vous remercie de m'avoir raconté l'histoire de Trott; et vos villageois ne sont que des êtres absurdes avec leurs commentaires.

— On ne peut s'en prendre qu'à leur ignorance.

— Du tout! ils n'ont pas de cœur, ce qui les empêche de croire au bien!

CHAPITRE XVIII.

M. Pelgrinn ne pouvait se contenter bien longtemps de rendre à Sibyl un hommage silencieux, et il cherchait l'occasion de la contraindre à écouter l'offre d'un cœur ardent. Un soir de juin, il se rendit dans le jardin, où elle s'était réfugiée, solitaire et rêveuse; à son approche, elle se hâta de reprendre la direction de la maison.

— Pourquoi m'évitez-vous ainsi?— demanda Joël.

— Il doit vous être facile de le deviner.

— Vous voulez me dire que ma présence vous est désagréable?

— Libre à vous d'interpréter ma réponse comme vous l'entendrez. Comme ami de mon oncle, je veux bien vous traiter avec égards; mais si je dois vous apprécier pour vous-même, c'est une autre chose.

— Ce qui me console de votre mépris, c'est que ma patience à le supporter est la meilleure preuve de mon amour.

— Je ne vous impose aucune épreuve; nous pourrions même vivre en très-bons termes si vous me faisiez grâce de vos attentions, qui m'obsèdent; je vous l'ai déjà dit, du reste.

— Pourquoi l'héliotrope se tourne-t-il toujours du côté du soleil? C'est l'impression que je ressens; un charme invincible m'attire à vous; je vous aime!

— Et moi je ne vous aime pas, et ne vous aimerai jamais. Trouvez ailleurs le bonheur que je ne saurais vous donner.

— L'amour viendra lorsque vous serez ma femme.

— Ce jour ne viendra jamais.

— Je pense le contraire ; vous êtes une femme positive, Sibyl, et vous avez combiné bien des projets qui, vous le savez, ne se réaliseront qu'à ce prix. Je ne suis ni égoïste ni envieux, nullement jaloux de votre influence ici ; néanmoins je n'hésite pas à vous affirmer que, si vous repoussez mes vœux les plus chers, votre oncle modifiera certainement les dispositions testamentaires par lesquelles il vous lègue sa fortune.

— Vous connaissez la teneur de ce testament ?

— Oui, je sais qu'il vous a institutée sa légataire universelle.

Il fallait donc temporiser à tout prix.

— Écoutez, — poursuivit-il, — je ne vous demande que l'espérance.

— Je n'ai aucun penchant pour vous; mais le temps changera peut-être mes impressions; je voudrais si bien prouver à mon oncle ma reconnaissance! Dans ces conditions-là, si vous voulez prendre patience...

— J'accepte, ma charmante fée; j'attendrai, je serai patient, car je vous aime! Rentrons, Sibyl, ce brouillard pourrait être dangereux.

Ils rentrèrent au salon, où les attendait M. Tranchard. Joël paraissait ravi; Sibyl, pâle comme une morte, songeait aux difficultés qui la menaçaient. Comment sortirait-elle de ce dédale?

Quelques jours après, M. Tranchard la fit appeler dans son bureau:

— Je vous ai fait demander, ma belle nièce, par suite de circonstances imprévues qui changent la face des choses; notre pauvre Joël vient de recevoir des Indes une lettre qui l'oblige à partir immédiatement pour Calcutta; mais il ne peut se décider à y aller seul; vous me comprenez, Sibyl?

Celle-ci devenait de plus en plus pâle.

— Vous me comprenez? — répéta M. Tranchard..

. — Non, du tout !

— Vous avez promis à Joël d'être sa femme.

— Non, mon oncle, je lui ai dit seulement de prendre patience !

— Voilà un *oui* bien digne d'une femme ! Mais puisque vous êtes décidée à devenir la femme de Joël, le plus tôt sera le mieux. C'est aujourd'hui mardi ; le paquebot part lundi prochain ; le mariage peut se faire samedi.

— Vous n'y pensez pas, mon oncle, mais c'est impossible !

— Joël et moi, nous ne comprenons pas le mot impossible ; n'est-il pas vrai, Joël, que nous pouvons venir à bout de choses plus difficiles?

Joël eut un rire sardonique.

— Mon oncle ! — dit Sibyl, — vous êtes trop souffrant pour que je vous quitte.

— Votre sollicitude à mon endroit me touche ; mais je ne suis pas aussi souffrant que vous le croyez ; la pensée de vous savoir unie à Joël et que votre bonheur est assuré sera plus efficace que toutes les ordonnances de la Faculté.

— Et mon trousseau, mon oncle, vous n'y avez pas songé? Il est matériellement impossible qu'il me soit livré à temps.

— Allons donc! Avec la note que vous avez chez Carmichel, vous ne devez pas être prise au dépourvu. Joël, saluez votre fiancée.

Celui-ci s'avança aussitôt pour la baiser au front; mais elle fixa sur lui des yeux si irrités que l'Indien resta comme cloué sur place, et elle se retira majestueusement comme une reine offensée.

— Quel triste amoureux vous faites! — s'écria M. Tranchard. — Ah! le soleil de l'Inde ne vous a pas transmis ses feux!

— Elle me hait!

— Et vous, la haïssez-vous?

— C'est à mes yeux la plus belle, la plus séduisante des femmes; mais convenez que l'aversion que je lui inspire ne peut que me donner une médiocre confiance dans l'avenir.

— Je vous ai promis qu'elle vous épouserait,

elle vous épousera; que vous importe qu'elle vous aime? L'essentiel, c'est qu'elle obéisse. Vous ne pouvez nier l'intérêt que je vous ai témoigné dans toute cette affaire; j'ai pris un engagement, je le tiendrai; quant à vous, vous n'avez pas oublié le vôtre, je présume?

— Lequel?

— De me donner dix mille livres d'ici samedi matin neuf heures, sans quoi...

— Sans quoi?...

— La maison Pelgrinn disparaît comme un navire qui sombre!

— C'est impossible.

— Écoutez bien ceci, Joël; car c'est mon ultimatum. Si vous ne vous êtes pas procuré cette somme dans le délai fixé, je télégraphie à Calcutta, et la maison Pelgrinn est en faillite.

— C'est ainsi que vous pensez me remercier de tout l'argent que j'ai gagné pour vous?

— Depuis trois ans, vous m'en avez bien plus coûté! Vous m'avez littéralement saigné à blanc. Il me faut dix mille livres; il n'y a pas à revenir là-dessus. Vous avez accepté mes conditions; je tiens les miennes, tenez les vôtres!.

Après le dîner, Étienne Tranchard quitta le salon pour remonter dans sa chambre; il paraissait accablé de fatigue; il avait refusé l'offre de Sibyl de lui faire la lecture.

— Je vais essayer de dormir, — avait-il dit; — depuis quelque temps je ne puis fermer l'œil. Un pauvre se procurerait plus aisément de l'or que moi le sommeil; c'est à croire qu'une voix fatale m'a crié comme à Macbeth : « *Tu ne dormiras pas!* »

— Mauvaise comparaison, mon oncle! Macbeth était un meurtrier.

La nuit, pour Sibyl, fut bien pénible, toute pleine d'insomnie; elle pensait à sa situation. Comment en sortir? Elle était bien plongée dans un bourbier, et chaque pas qu'elle faisait en avant la précipitait davantage. Sa vie en ce moment n'était plus qu'un vaste banc de sable mouvant dans lequel elle s'engouffrait. Résister? Impossible! elle était entraînée. Mais quelle ne fut pas sa stupéfaction lorsque, le lendemain, Joël entra chez elle, le regard triomphant, des papiers à la main, sur la nature desquels elle ne pouvait pas se tromper! Il avait obtenu toutes les dispenses, et avait vaincu le temps; aucun obstacle ne s'opposait plus à la prompte célébration du mariage. Oh! comme elle le haïssait en ce moment!

— J'ai aperçu de la lumière à votre fenêtre, ma toute belle, — dit-il; — ce point lumineux a été une attraction invincible pour moi; je l'ai subie, et me voici.

Ce disant, il approchait un siége près de celui de Sibyl; celle-ci s'était levée avant qu'il eût eu le temps de s'asseoir.

— Ma pendule marque onze heures! Dans un moment, tout le monde sera couché; je vous engage à descendre tout de suite si vous tenez à souper.

— Je laisse volontiers le souper pour entendre en échange le timbre délicieux de votre voix, contempler vos beaux yeux et surtout obtenir le baiser

12.

de fiançailles que vous m'avez refusé ce matin.
Voici la dispense, Sibyl ; la cérémonie reste fixée
à lundi : dans quatre jours, vous serez ma femme,
en dépit de votre prétendue haine pour moi!

— Ma prétendue haine est ce qu'il y a de
plus vrai au monde.

— Je préfère cela à l'indifférence ; car de la
haine peut naître l'amour, s'il est vrai, comme
on le dit, que les extrêmes se touchent.

—Monsieur Pelgrinn!—dit-elle en balbutiant.

— Monsieur Pelgrinn? Quelle façon cérémo-
nieuse d'adresser la parole à son futur époux!

— Je ne vous donnerai jamais d'autre nom ;
mais je ne veux ni ne peux abuser plus longtemps de vous ; trahissez-moi si vous le voulez ;
perdez-moi près de mon oncle, si bon vous
semble! Mais sachez que votre espoir est irréa-
lisable; j'ai donné mon cœur, j'ai promis ma
main depuis longtemps et je ne veux pas me
parjurer. D'ailleurs, il n'y aurait aucun bonheur
à espérer dans cette union ; ma résistance, ma
froideur, ma haine ont fait sur vous plus d'im-

pression que mes charmes ; vous ne voulez pas me gagner, vous voulez me réduire !

— C'est un raisonnement trop subtil pour moi. Je vous ai aimée parce que vous êtes faite pour inspirer l'amour ; quand on tient le bonheur dans sa main, on le garde, Sibyl !

— Non ! je vous l'ai dit, c'est impossible ! Abandonnez ce dessein, et je vous abandonne toute la fortune que mon oncle doit me laisser.

— Je ne suis pas de ceux qui lâchent la proie pour l'ombre ; je conserve l'avantage de ma position. Que me fait la fortune sans vous ? Prenez tout ! disposez de tout ! aucune de vos exigences ne m'effrayera ; votre beauté et vos charmes sont pour moi de plus de poids que toutes les fortunes !

Décidément c'était un siége en règle. Comment faire ? Elle prend une résolution subite, et s'élance vers la porte ; mais avant qu'elle l'eût atteinte, Joël l'entourait de ses bras, et cherchait à lui prendre un baiser ; elle se dégagea et, courant à sa table à ouvrage, elle y saisit un petit flacon :

— Vous voyez cela! — dit-elle les yeux flam-
boyants de colère, — c'est la mort instantanée.
Eh bien! je n'hésiterai pas à l'approcher de mes
lèvres plutôt que de laisser les vôtres effleurer
mon front.

— Ah! j'ignorais que vous fussiez de la famille des Borgia! Mais non, vous ne commet-
triez pas un crime; c'est une feinte dont je ne
serai pas la dupe; ce soi-disant poison n'est
peut-être qu'un innocent parfum.

— Je vous dis que c'est de l'acide prussique,
et je l'ai mis là pour me soustraire à l'horreur
de devenir votre femme.

— Sibyl, donnez-moi ce flacon que j'en jette
le contenu par la fenêtre.

— Jamais! — reprend-elle en serrant con-
vulsivement le flacon dans sa main crispée.

— Soit! gardez-le; mais n'oubliez pas qu'il
est toujours dangereux de se servir d'une arme
à double tranchant. Grand Dieu! — ajouta-t-il;
— quelles scènes m'attendent dans mon ménage!
Adieu! adieu!

Le sort en était jeté, elle ne pouvait plus échapper à cet odieux mariage que par la fuite ou le poison.

CHAPITRE XIX

Alexis, guéri au physique, mais non au moral, était retourné à La Grange, où il avait repris sa vie solitaire, songeant à son passé, à son avenir perdu. Il aurait pu être heureux! Ah! ses rêves d'autrefois! son avenir aurait été brillant! Aujourd'hui, rien, aucune réalité de bonheur, rien que le désespoir. La société de Richard était une petite fiche de consolation, bien minime, et elle allait lui échapper. Richard venait de manifester son intention de retourner à Londres.

— Vous devez avoir assez de moi, — avait-il dit, — depuis un an que je ne vous quitte pas plus que votre ombre.

— Vous savez bien que l'homme n'est pas
fait pour vivre seul. Quand je serai fatigué de
votre société, je vous le dirai ; vous êtes le seul à
qui je puisse parler à cœur ouvert, vous seul
connaissez tous mes secrets.

— Tous ? — répéta Richard d'un ton inter-
rogatif.

— Oui, tous ! S'il en est un que vous ne connaissez pas, ce n'est pas par intention de ma part,
car je n'ai que vous pour épancher mon cœur.

— Je veux bien le croire ! — répondit Richard
avec émotion. — Cependant, il faut que nous
nous séparions ; c'est assez de ce doux *farniente*
qui m'ôterait l'activité laborieuse que m'impose
mon manque de fortune.

— Pourquoi me quitter ? Votre mère, vous le
savez, est parfaitement heureuse ; il ne lui manque rien. Vous êtes pour moi comme un frère ;
ma maison est la vôtre, et si je venais à mourir
vous ne seriez pas pris au dépourvu.

— Vous êtes très-bon pour moi assurément,
mais il faut absolument que je vous quitte.

— Vous n'êtes donc pas heureux ici?

— Oh, si!

— C'est moi qui ai été un fardeau pour vous, alors que vous me prodiguiez votre pitié et vos soins à Dorley-Mill.

A ce mot, un nuage passa sur le visage de Richard.

— Je n'aurais pas cédé ma place à qui que ce fût! — dit-il avec fermeté.

— Et aujourd'hui vous voulez me quitter? Vous devez avoir un autre motif pour cela.

— Oui; c'est vrai! mais je ne puis vous le dire.

— Et si je le devinais? Vous mourez d'ennui ici, tout comme moi. Vous vous dites que La Grange sans femme est bien triste, en comparaison de Dorley-Mill.

— Peut-être!

— Et cependant je croirais volontiers que ce séjour vous a été fatal!

— Alexis! — se récria Richard d'une voix encore plus émue.

— Pas de demi-confidence entre nous; moi,

je ne crains pas de vous ouvrir mon cœur. Oui,
je me suis laissé surprendre, et, bien souvent,
j'ai songé à la vie heureuse que m'aurait donnée
celle qui m'a sauvée par son angélique dévouement.

— On ne peut que vous comprendre et vous
excuser.

— Elle est si belle! Il était de toute impossibilité de ne pas être attiré par ses charmes. Oui,
mon cœur a été saisi ; mais jamais un mot n'a
trahi mon secret; et quand j'ai eu connaissance
du péril, c'est alors que j'ai quitté Dorley-Mill.

— Vous avez noblement agi, mon ami; mais
il est évident que Linda vous a aimé du premier
jour, et elle ne peut penser à moi, car je ne suis
rien auprès de vous !

— Vous avez tort de croire qu'elle ne vous
comprendra pas; vous êtes bien plus parfait que
moi; votre respect enthousiaste pour tout ce qui
est grand et beau finira par gagner son cœur.

— J'en doute ; car elle vous aime.

— Elle sait que je suis marié.

— Elle l'ignorait quand vous êtes arrivé à Dorley-Mill.

— Vous auriez pu l'en instruire.

— Pourquoi me serais-je fait l'écho de votre passé?

— Qu'est-ce qui vous fait supposer qu'elle m'aime?

— J'ai lu son amour dans ses yeux; elle est trop jeune pour déguiser son visage ou dissimuler ses impressions.

— Vous ferez mieux de vous taire, Richard. Je l'ai prévenue que j'étais marié; il ne me reste plus qu'à avoir le courage de lui raconter toute mon histoire; j'irai la voir demain; elle saura que je mérite sa pitié, mais non son amour. Je vais vous montrer un souvenir que je lui destine.

— Ce n'est pas une femme à s'intéresser à un cadeau.

— Les femmes les aiment toujours!

— Oui, surtout quand elles aiment celui qui les fait.

Alexis ouvre un tiroir, prend un écrin en

13

velours, d'où il retire une délicieuse montre à cuvette d'émail bleu ornée de perles fines, encadrant le chiffre de Linda.

— La reconnaissance n'a pas besoin de ces joujoux-là ! — dit Richard d'un ton maussade.

Puis les deux amis se séparèrent.

Le lendemain matin, Alexis arrivait à Dorley-Mill et demandait si mademoiselle Linda était visible. A ce moment, il lui fallut subir une semonce de son jeune ami Trott, qui lui raconta comme quoi il ne l'aimait plus, parce que petite mère avait beaucoup pleuré après son départ. Il était bien embarrassé devant le raisonnement naïf de cet enfant ; heureusement pour lui, la jeune fille vint le tirer d'embarras. Mais quel changement ! Les yeux étaient entourés d'un cercle bleu qui trahissait des nuits d'insomnie ; la voix était languissante et empreinte de tristesse.

— Je sais, mademoiselle Linda, qu'il m'est impossible de m'acquitter envers vous, — dit-il un peu ému, — mais permettez-moi de vous offrir un souvenir qui sera un témoignage de ma reconnaissance. Puisse cette montre, — ajouta-t-il en présentant l'écrin, — ne marquer que des heures de bonheur dans votre vie !

— Elle est vraiment trop belle ! — répondit Linda toute rougissante ; — mais cela ne m'empêchera pas de la porter tous les jours. Ah ! à propos, j'ai fait une découverte au sujet de Trott. C'est peu de chose ; mais comme vous vous intéressez à lui, ce sera peut-être une indication qui vous aidera à découvrir le mystère de sa naissance.

— Qu'est-ce ? Oh ! dites vite !

— J'ai retrouvé ces jours-ci l'enveloppe qui contenait la dernière banknote que j'ai reçue pour Trott, et j'ai lu dessus le nom du papetier qui l'avait fournie : Morgan, à Readcastle.

— Readcastle !

— Vous connaissez cet endroit?

— Que trop, malheureusement pour moi ! J'ai maintenant la certitude que cet argent est envoyé par la mère. La reconnaîtriez-vous sur une photographie faite dans tout l'éclat de sa beauté?

— Je le crois; mais d'où vient votre trouble, monsieur Secretan?

— Ne m'en demandez pas davantage; je vais chercher ce portrait et je reviens.

— Soyez prudent, ne vous exposez pas, et n'oubliez pas.....

— Que j'ai fait une terrible chute? Soyez tranquille, je ne m'exposerai pas; j'ai trop à cœur de découvrir le mystère de la naissance de ce chérubin! — ajouta-t-il, en serrant l'enfant dans ses bras. Puis il partit au galop de son cheval dans la direction de La Grange. Aussitôt arrivé, il remit son cheval au groom avec ordre de l'attendre. Puis, courant à la bibliothèque, il ouvrit un petit coffre d'où il retira une photographie de Sibyl, faite à Paris pendant leur court voyage de noces.

— C'était bien elle! — dit Alexis en souriant avec tristesse; — elle paraît heureuse, contente. Comme elle a changé depuis! Mais non, c'est le poids fatal de la misère qui l'a poussée à cet acte de folie, au désespoir. J'aurais dû mieux savoir calmer ses inquiétudes, lui inspirer confiance dans l'avenir. Je suis peut-être le seul coupable !

Un instant après, il arrivait à bride abattue à Dorley-Mill.

— Reconnaissez-vous cette figure ? — dit-il précipitamment à Linda, qui était accourue au-devant de lui.

— Parfaitement ! — répondit la jeune fille sans hésitation ; — c'est la mère de Trott.

— Mais alors, c'est mon fils ! sa mère est Sibyl Fauthorpe, ma femme.

— Vous m'avez dit que votre fils était mort ?

— Ma femme, pour quelque motif mystérieux que j'ignore, m'a fait ce mensonge ; et cependant je n'ai jamais pu la croire complétement.

— Êtes-vous sûr que vous ne vous trompez pas ?

— Si vous êtes certaine que ce portrait est bien celui de la mère de Trott, je ne puis pas douter qu'il soit bien mon fils.

— Et maintenant vous allez me l'enlever, à moi qui l'aime tant ! C'est un chagrin qui me tuera, après les humiliations que j'ai subies pour lui.

— Ah! mademoiselle, tout mon cœur compatit à vos regrets, à votre chagrin! Mais, je vous en supplie, tenez compte un peu aussi de mon affection paternelle; c'est mon fils, comprenez-vous? ma vie, mon espoir! Je ne vais donc plus être seul!

— Oh! je vous comprends bien, et mon chagrin doit céder le pas à vos droits de père. Je vais vous le chercher; mais, croyez-le, c'est une séparation bien pénible, cruelle même; depuis trois ans qu'il est ici, il a été la joie de la maison, — ajouta-t-elle d'une voix sourde qui partait de l'âme comme un sanglot.

Un moment après, l'enfant était dans les bras de son père :

— Cher petit, veux-tu que je te confie un secret?

L'enfant n'eut qu'un signe de tête affirmatif; mais, comme s'il comprenait, il se réfugia contre Linda.

— Je suis ton père, et nous allons demeurer ensemble.

— Non, non ! Bébé n'a jamais eu de papa, et il reste à Dorley-Mill.

— Je te donnerai un joli petit poney.

—Je n'en veux pas ; j'aime mieux les poules de Dorley-Mill ; et puis, maman, je ne la quitte pas.

— Voilà un cri du cœur ; c'est une leçon de reconnaissance que mon fils me donne. Il a si bien plaidé votre cause, mademoiselle Linda, que j'abandonne encore pour quelque temps le doux rêve de l'emmener à La Grange.

— Oh ! je suis heureuse ! Il me semble que la séparation me sera plus tard un peu moins pénible ; j'aurai eu le temps de m'habituer à cette affreuse perspective.

— Demain, j'irai trouver mon homme d'affaires ; je lui raconterai par quel hasard providentiel j'ai retrouvé mon fils, et après-demain, vous me reverrez assurément, — ajouta-t-il, en étreignant l'enfant dans un long baiser, et avec un sourire affectueux à Linda, qui se prit à rougir.

Tous les deux ils étaient heureux, mais bien différemment. Elle espérait, quoi? Elle ne le savait pas encore et n'osait! Lui était fier comme un heureux conquérant au retour d'une brillante campagne.

A la première heure, le lendemain, il se présentait chez M. Serudger, auquel il racontait les mystérieuses circonstances de la découverte de son fils.

—Il faut tout de suite faire reconnaître son identité et lui rendre son nom; on ne sait pas ce qui peut arriver, et votre succession, si un malheur survenait, pourrait exciter bien des convoitises contre lesquelles il importe que votre enfant soit garanti. Vous devez le rappeler près de vous sans délai; il doit avoir son domicile chez son père.

— Ce projet paraît si douloureux à la femme angélique et dévouée qui lui a servi de seconde mère, que j'hésite.

— Rassurez-vous, monsieur Secretan; les femmes se consolent toujours. Mademoiselle Linda Chalier est jeune et jolie ; elle se mariera, et son affection tout entière se reportera sur ses enfants à elle !

.— Vous avez raison ; je vais rechercher mon acte de mariage. Maintenant, veuillez me préparer un projet de testament, par lequel Linda Chalier, si je venais à mourir, sera investie de la tutelle légale de mon fils William.

CHAPITRE XX

Depuis que Joël Pelgrinn était revenu de York, porteur de la dispense, le temps avait passé à Lancaster-Lodge, avec une effroyable rapidité. M. Tranchard était souffrant, et gardait constamment la chambre ; son médecin affirmait cependant à Sibyl qu'il n'avait aucune inquiétude.

—C'est de vous, — disait-il à la jeune femme,

13.

que je ne suis pas content. Vous avez la peau
brûlante ; vous souffrez intérieurement? De
quoi? Voyons, soyez franche avec moi. Je sais
que demain vous prononcez le *oui* sacramentel
et que de là vous partirez pour un long voyage.
J'irai, — vous me le permettez? — à l'église, pour
vous adresser mes félicitations et mes vœux.
J'avais cru tout d'abord que mon ami Frédéric
Stormond serait l'heureux mortel…, puis, sir
Wilford est venu; il n'a pas été plus heureux.
En fin de compte, tout le monde a été déçu.

— Hélas, oui! — répondit Sibyl d'un ton
d'amertume.

Dans tout Readcastle, il n'était plus question
que du mariage de Sibyl; chacun faisait ses
commentaires. L'avis général était que la jeune
femme jouait un rôle de victime à elle imposé par
M. Tranchard, toujours prêt à sacrifier à Sa Ma-
jesté l'Argent. On se trouvait à la veille de la cérémonie; les malles étaient prêtes; elles portaient
toutes une adresse, la même : *Madame Pelgrinn,*
— passagère du *Gange,* — *Calcutta;* un seul

petit sac portatif était sans adresse. Sibyl, à la tombée de la nuit, se trouvait seule dans son boudoir. Elle pensait, et, par moments, un frisson de peur lui parcourait le corps. Elle n'osait plus regarder devant elle ; elle souffrait horriblement ; il lui fallait à tout prix sortir de l'impasse dans laquelle elle s'était fourvoyée ; on vint lui annoncer que sir Wilford demandait à lui parler.

— Faites entrer ! — dit-elle en essayant, mais inutilement, de cacher son émotion.

— Ma chère Sibyl ! — dit le jeune homme en entrant ; — je viens en ami vous tendre la main et vous offrir de nouveau mon appui. J'ai appris que demain vous devez épouser M. Pelgrinn ; que puis-je faire pour vous sauver du danger qui vous menace ?

— Je n'aurais pas hésité à avoir recours à vous, sir Wilford, si cela eût été nécessaire ; mais mon parti est pris.

— Que voulez-vous dire ? Vous, la femme d'un autre, vous ne pouvez épouser M. Joël Pelgrinn !

— La cérémonie n'aura pas lieu.

— Comment l'éviterez-vous?

— Tout simplement; la fiancée ne sera plus là!

— Vous voulez prendre la fuite?

— C'est ma seule ressource. Demain, à onze heures, je serai bien loin de Readcastle.

— Êtes-vous certaine de pouvoir exécuter votre plan?

— A la façon dont j'ai joué mon rôle depuis quelque temps, M. Pelgrinn croit à ma résignation.

— Tenez, Sibyl, je vous engage à prendre un autre parti : c'est celui de tout avouer à votre oncle; il vous excusera.

— Vous ne le connaissez pas; et, tout en vous remerciant de votre affectueux intérêt, je ne puis suivre votre conseil.

— Puis-je au moins savoir chez qui et où vous allez?

— Chez mon mari.

— Alors je n'ai plus rien à faire, rien à dire.

Adieu, Sibyl... adieu! N'oubliez jamais que je vous suis tout dévoué; je resterai ici cette nuit pour vous prêter aide et assistance, si besoin était.

— Merci, sir Wilford; il me suffirait de déclarer mon mariage pour conjurer tout danger.

— Adieu donc! et soyez heureuse!

Immédiatement après cet entretien, Sibyl se rendait au salon, où l'attendait Joël :

— Vous avez eu une visite? — interrogea celui-ci avec animation.

— Sir Wilford est venu m'offrir ses félicitations.

— C'est si généreux que je n'y crois pas!

— Vous avez tort de douter, cependant.

Ils dînèrent en tête à tête; M. Tranchard était trop souffrant pour quitter la chambre; quelque effort que fît Sibyl, elle ne put dérider le front assombri de Pelgrinn; elle prit le parti de se retirer, et une demi-heure après, Joël entrait chez M. Tranchard, qui, tout étonné de cette visite, lui dit en fronçant le sourcil :

— Je ne vous attendais plus.

— La sympathie que me témoigne ma fiancée mérite bien que je m'éternise un peu près d'elle! — répondit l'autre avec une froide ironie.

— Épargnez cette pauvre enfant! N'est-elle pas mille fois trop belle et trop bonne pour vous? Voyons, avez-vous réussi?

— La banque consent à escompter mes billets pour la somme demandée; j'ai donné pour prétexte le payement pour demain de l'achat d'une propriété.

— Avez-vous reçu cet argent?

— Non, mais je l'aurai demain; je doute que la maison Pelgrinn puisse supporter une telle saignée.

— Il ne s'agit pas du capital, mais du crédit qu'on vous accorde.

— Ah, oui! du crédit! — riposta Joël sur le ton de l'incrédulité.

— Oui, mon cher, un homme comme vous peut étendre sa puissance à l'infini; car plus il doit, plus ses créanciers sont obligés de le soutenir; la dette est la fondation la plus sûre d'une maison de banque, car elle repose sur la poche des autres. Êtes-vous positivement certain d'avoir cet argent?

— Aussi sûr qu'on peut l'être en ce monde d'une chose non encore réalisée.

— Écoutez bien ceci : pas d'argent, pas de mariage, et en revanche un télégramme qui fera crouler la maison Pelgrinn et Cie comme un château de cartes.

— C'est entendu, je le sais; vous serez satisfait.

Pendant que cette conversation avait lieu, Sibyl écrivait la lettre suivante, qu'elle mouilla de plus d'une larme :

« MON CHER ONCLE,

« En venant sous votre toit, j'espérais vous apprendre mon mariage et solliciter en faveur de mon mari votre sympathie et votre affection; mais, devant la haine que vous portez à mon nom, j'ai gardé mon secret, au risque de passer à vos yeux pour une fourbe, dès que vous sauriez la vérité. L'heure est venue où je ne puis plus rien vous dissimuler; je vais retrouver mon mari et partager son existence, si humble qu'elle soit. Si vous me pardonnez, si vous ne doutez pas de ma reconnaissance, si vous avez le cœur assez grand pour oublier vos inimitiés, pour tendre la main au fils de votre ennemi, un seul mot suffira pour me ramener près de vous.

« Votre nièce respectueuse et reconnaissante,

« Sibyl SECRETAN. »

Elle était fière de signer son vrai nom et de redevenir enfin elle-même! Elle posa la lettre près de la pendule, bien en évidence, et tomba dans une profonde rêverie :

— J'ai joué toutes mes cartes et perdu la partie! — pensait-elle, — et elle se prit à se demander si, réussissant, la fortune eût compensé ce qu'elle avait sacrifié à l'amour.

Le lendemain, Readcastle était réveillé par les cloches qui sonnaient un glas funèbre, bien en désaccord avec le son joyeux auquel on s'attendait. M. Tranchard était mort subitement dans la nuit; il n'était plus question que de cela, de son testament, de la rupture du mariage de Sibyl avec Joël Pelgrinn, auquel, de l'avis de tous, elle avait été sacrifiée, et de la possibilité d'un autre mariage avec sir Wilford.

On avait envoyé chercher le médecin, malgré l'opposition incompréhensible de Joël Pelgrinn, qui soutenait que la médecine ou les médecins n'ont rien à faire avec la mort.

— Quel triste événement! — dit-il d'un ton mélangé de respect et d'embarras, au docteur en le recevant sur le perron.

— Aussi triste qu'inexplicable; car hier au soir, rien ne pouvait me faire prévoir une telle fin.

— Peut-être une crise de cœur?

— C'est ce que l'enquête nous dira.

— Vous dites?

— Qu'il y a lieu à enquête. Vous ne voudrez pas vous y opposer, je présume?

— Non, mais je ne vois pas ce qui peut la

justifier ; car, pour moi, la mort de M. Tranchard
est le dénoûment d'un état maladif remontant
déjà à bien des années.

— Pour moi, c'est un cas aussi extraordinaire
qu'imprévu ; j'étais si bien rassuré sur l'état de
santé de M. Tranchard que j'avais donné à sa
nièce toute confiance dans l'avenir. Pauvre
jeune fille ! quel coup pour elle ! Comment sup-
porte-t-elle ce malheur ?

— Je ne saurais vous le dire, ni moi ni personne, car elle est partie furtivement de Lancaster-Lodge ce matin, avant que personne
fût levé.

— Est-ce possible ? Mais votre mariage était
fixé à ce matin, n'est-ce pas ?

— Oui.

— Et elle n'est pas revenue ? Il est bientôt
une heure !

— Tout étrange que cela puisse paraître,
c'est l'exacte vérité.

— Je n'y comprends rien. Vous n'ignorez
pas que l'on s'accordait à dire qu'elle ne vous

épousait que contrainte et forcée par son oncle.
Il y a quelques jours, j'avais remarqué son état
de surexcitation étrange. Dites-moi franchement
si vous n'avez pas été frappé de son état d'agi-
tation? Pour moi, elle me paraissait en proie à
l'idée d'un danger qu'elle voulait éviter à tout
prix.

— Ce n'est pas mon avis; comme preuve,
regardez ces caisses : c'est elle-même qui a mis
l'adresse.

— Est-on au moins à sa recherche?

— Non, pas encore; cette mort subite m'a
trop bouleversé pour que je puisse penser à
autre chose; je croyais ma fiancée chez son
oncle, M. Robert Fauthorpe.

— Je crains pour elle le suicide!

— Je cours prévenir les magistrats pour que
les recherches soient immédiatement commen-
cées.

— Donnez-moi quelques détails sur l'aspect
qu'avait le corps quand vous avez constaté la
mort. Quelle heure était-il?

—Environ neuf heures. On lui avait donné sa potion à quatre heures ; à huit heures je suis descendu déjeuner ; puis je remontai vers M. Tranchard pour lui communiquer une lettre que je venais de recevoir ; je frappai en vain, la porte était fermée au verrou. Effrayé de ce silence, je courus chercher la femme de charge, et nous entrâmes par une porte de service : il paraissait dormir très-paisiblement.

— Les traits n'étaient-ils pas contractés, le visage violet ?

— Pas du tout !

— C'est inexplicable pour moi ; car il n'avait aucune lésion intérieure.

— Voulez-vous le voir ?

— Assurément ! il le faut !

Le docteur entra seul dans la chambre mortuaire, examina le malade, puis ressortit au bout de dix minutes. Joël l'attendait à la porte.

— Comme il a l'air calme ! — dit-il au docteur ; — sa mort n'a certes pas dû être douloureuse, n'est-ce pas ?

— Elle n'en a pas moins été instantanée.

— C'est la rupture d'un anévrisme, à n'en pas douter.

— Non, monsieur; M. Tranchard avait le cœur en aussi bon état que vous et moi.

— A quoi alors attribuer sa mort?

— L'enquête le dira.

— Vous tenez toujours à cette enquête?

— Plus que jamais.

— Pourrais-je savoir pourquoi? — demanda Joël, en tordant sa moustache.

— Oui, quand on aura procédé à l'enquête, — répondit le docteur d'un ton impassible. — N'est-ce pas là, — ajouta-t-il, — la porte de la chambre de mademoiselle Fauthorpe? Avant de partir, je désire y jeter un coup d'œil. N'y êtes-vous point entré ce matin?

— Non, docteur!

— Ni aucun des domestiques?

— Non! je ne crois pas!

— On a dû cependant entrer pour ouvrir les persiennes?

Le docteur, suivi de Joël, entra, et se mit à chercher partout.

— Elle a dû laisser une lettre, tout au moins! disait-il.

— Vous croyez donc qu'elle est partie pour toujours?

— C'est plus que probable. Ah! un flacon! Il venait de le découvrir au fond d'un panier à ouvrage. — Oh! quelle odeur! c'est de l'acide prussique!!!

Joël ne le quittait pas des yeux.

— Vous savez que les femmes font quelquefois usage de cette drogue pour leur teint.

— De l'arsenic, oui; mais de l'acide prussique, jamais! Mademoiselle Fauthorpe peut s'en être servie comme sédatif; je garde ce flacon; on ne peut pas le laisser traîner.

— Une fiole vide ne peut être nuisible.

— Vous n'oublierez pas, monsieur Joël, où j'ai trouvé ce flacon.

— Je vous serai obligé, docteur, d'aller faire la déclaration de décès; un certificat est, je crois, indispensable.

—Je ne puis, en conscience, le faire qu'après l'enquête.

— Pourquoi?

— Parce que j'ignore la cause de la mort, et il faut que la vérité se fasse jour.

— Mais j'avais déjà donné les ordres pour la cérémonie funèbre; les préparatifs étaient commencés...

— On les suspendra!

— Quel contre-temps! quel ennui!

— La mort est souvent un ennui pour les survivants, monsieur Joël. Mais il importe, dans les circonstances graves qui entourent celle de M. Tranchard, que rien ne soit précipité.

En quittant Lancaster-Lodge, le docteur alla trouver un de ses confrères, et, après un long entretien, il fut décidé qu'une autopsie serait faite immédiatement, avec l'aide d'un chimiste expérimenté, M. Polin, qu'ils prévinrent par télégramme.

Le lendemain fut un jour de grande émotion chez l'oncle Robert, tout d'abord, quand on apprit la mort subite de cet oncle Tranchard et l'ouverture de sa colossale succession. — Pour qui? Il y avait là une grave question à résoudre entre Maria et Jenny. Mais ce fut bien pis quand le docteur Milsand entra chez son confrère, qu'il estimait énormément, et lui posa cette question, à laquelle cet excellent M. Robert était loin de s'attendre :

— Faites-vous usage d'acide prussique?

— Très-rarement!

— En avez-vous dans votre officine!

— Oui, mais très-peu.

— Dans quoi le mettez-vous.

— Dans un flacon bleu opaque, sur un rayon élevé où personne, j'en suis sûr, ne peut atteindre. Mais quel rapport cela a-t-il avec la mort de M. Tranchard?

— Il n'y en a que trop, malheureusement; car, pour moi, M. Tranchard a été empoisonné avec de l'acide prussique.

— Que dites-vous là? Comment supposez-vous que le poison lui a été administré? Et qui soupçonnez-vous? — s'écria M. Robert, pâle comme la mort.

— Jusqu'à présent, personne! Ma croyance est qu'il a été empoisonné! Admettons un suicide; car quel intérêt pouvait-on avoir à l'assassiner?

— L'espoir d'hériter d'une grande fortune pourrait être le seul mobile d'un crime pareil!

— Mais vous savez bien que cet héritage était destiné à sa nièce Sibyl.

— Oui; mais avouez donc que vous supposez une main criminelle capable d'être venue chez moi chercher l'arme qui devait l'aider à commettre son crime?

— Je vous ai déjà dit que je n'ai aucun soupçon; mon seul devoir est d'aider la justice, et je n'y faillirai pas. M. Tranchard était mon client, et je ne vous cache pas que la disparition de votre nièce aggrave de beaucoup la situation.

— C'est vrai, et je reconnais que votre devoir est d'agir comme vous le faites. Quant à moi, je n'en reste pas moins convaincu de l'innocence

14

de Sibyl, et je ne me console pas de penser qu'elle peut être traînée au banc des accusés.

A quatre heures, M. Polin, le chimiste, le docteur Milsand et le docteur Fauthorpe étaient réunis autour du lit de M. Tranchard; ils convinrent entre eux que M. Polin ferait dans son laboratoire l'analyse des viscères recueillis; mais d'ores et déjà ils étaient d'accord sur l'empoisonnement certain d'Étienne Tranchard.

— Eh bien, messieurs, — dit Joël, quand ils descendirent, — quel est votre verdict? Attribuez-vous la mort à une congestion du cerveau ou à une crise du cœur?

— Ni à l'une ni à l'autre!

— Alors?...

— L'enquête se chargera de vous éclairer.

Les médecins aiment le mystère; c'est un moyen que leur ont légué leurs prédécesseurs les alchimistes!

— En tout cas, messieurs, — ajouta-t-il avec un sans gêne qui amena un refus catégorique, — puis-je vous faire servir des rafraîchissements?

— Je désire voir le valet de chambre ! — dit
le docteur Milsand ; — il a dû être le dernier à
voir M. Tranchard.

— Je... je le suppose ! — dit Joël interdit. —
Cependant je dois vous dire que c'est un homme
d'une intelligence bien bornée. Du reste, le
voici.

— C'est vous qui avez fait prendre à quatre
heures la potion de M. Tranchard?

— Oui, monsieur !

— Vous paraissait-il bien à ce moment?

— Oui, monsieur.

— N'avez-vous rien remarqué d'extraordinaire en lui?

— Non, monsieur, à moins...

— Parlez plus haut.

— Il paraissait plus irascible que d'habitude.
Depuis quelque temps, il était devenu irritable.
M. Pelgrinn a dû le remarquer.

— Celui-ci fit un signe de tête affirmatif.

— Paraissait-il préoccupé?

— Oui, monsieur.

— Avez-vous enlevé les verres et les bouteilles de la chambre ce matin?

— Oui, sur l'ordre de M. Pelgrinn.

— Qu'avez-vous fait du verre où votre maître a bu pour la dernière fois?

— Je l'ai lavé avec les autres.

— Pensez-vous pouvoir le retrouver?

— Oui! monsieur, par la place qu'il doit occuper.

— Allez le chercher! — lui dit Joël avec autorité.

Le docteur regarda le verre en tous sens et dit:

— Vous lavez vos verres à l'eau bien chaude?

— J'emploie même de la soude.

— Y avait-il une table à portée de votre maître quand il était couché?

— Non, monsieur.

— Vous oubliez la petite table que M. Tranchard avait fait mettre tout près de son lit, il y a quelques jours, pour, au besoin, se verser un verre d'eau, — dit Joël.

— C'est vrai! j'avais oublié cette petite table.

— Et c'est là que vous avez pris le verre ?

— Oui, monsieur.

— C'est bien ; vous pouvez vous retirer.

Sur quoi, l'homme s'enfuit comme s'il avait été poursuivi par le feu.

— Si cet homme avait eu quelque intérêt à tuer son maître, je serais presque tenté de croire que c'est lui qui a commis le crime. Le legs de M. Tranchard sera, à mon avis, une preuve probante de sa culpabilité ou de son innocence ! — dit le docteur Milsand.

Cette insinuation prit immédiatement racine dans l'esprit du docteur Fauthorpe, qui, tout en retournant chez lui, ne put éloigner son idée de cette hypothèse, bien vague cependant.

— A-t-on enfin des nouvelles de Sibyl ? — lui demanda Maria.

— Non, ma chère enfant, aucune.

— C'est extraordinaire !

— Je commence à avoir de réelles inquiétudes sur le compte de votre sœur.

— Oui, c'est une disparition bien étrange,

14.

juste au moment de la mort de M. Tranchard.

— Pourvu qu'elle ne se soit pas suicidée !
— dit Jenny d'un ton boudeur.

— Allons donc ! Vous oubliez, Jenny, que
votre sœur est chrétienne !

— Pas du tout ! mais à force de se creuser la
tête pour échapper à l'affreux mariage qui la
menaçait, elle a pu céder à une pensée folle ;
elle se sera empoisonnée.

— Mais où se serait-elle procuré le poison ?

— Ici même, mon oncle.

— Que veut dire cela ? Expliquez-vous plus
clairement.

— Voilà la vérité : il y a quelques jours,
Sibyl, prise d'une rage de dents, a versé quelques
gouttes de laudanum dans un flacon qu'elle a
emporté à Lancaster-Lodge.

— Du laudanum ? Vous en êtes bien sûre ?

— Oui, mon oncle ; mais je trouvais que
cela sentait les amandes amères, et je lui en fis
l'observation.

— Que dites-vous là ?

— Que ce laudanum avait une odeur très-prononcée d'amandes amères. Je lui ai demandé le flacon pour l'examiner ; mais elle l'avait mis dans sa poche. Elle était très-pâle à ce moment.

— Ah ! la malheureuse enfant !

— Eh bien, mon oncle, tenez, je ne crois pas à un suicide ; elle était trop fière de sa beauté, et, quand on meurt empoisonné, on devient affreux, n'est-ce pas ? Elle est peut-être bien chez ses amis, les Cardonnel ?

— J'en doute, mais je ne m'en vais pas moins y envoyer.

A ce moment on sonna, et un individu tout à fait inconnu au docteur se présenta, tout en s'annonçant lui-même ;

— M. Jubiery ! C'est bien au docteur Fauthorpe que j'ai l'honneur de parler ?

— Oui, monsieur !

— Vous savez que M. Tranchard est mort empoisonné ?

— On me l'a dit.

— Je suis chargé par le coroner de recher-

cher si le poison qu'on a trouvé dans les intes-
tins ne viendrait pas de votre laboratoire.

— Quelle raison avez-vous de le supposer?

— Vous le saurez demain à l'enquête ; en
attendant, veuillez me montrer votre flacon d'a-
cide prussique.

— Et si je vous disais que je n'en ai pas ici?

— Je m'en assurerais moi-même.

— Inutile !

Ce disant, le docteur monte sur un escabeau,
dérange toutes ses fioles, et enfin en tend une
à M. Jubiery, qui ne l'avait pas quitté des yeux
durant cette recherche.

— Quelle quantité pensez-vous avoir dans
cette bouteille ? dit l'homme de loi.

— Je ne saurais vous le dire exactement ;
deux onces peut-être. C'est un médicament que
j'emploie rarement.

— Il en reste à peine une once actuellement.

— Le contenu peut s'être évaporé ; c'est un
liquide très-subtil.

— Vous supposez, néanmoins, en avoir deux onces ?

Le flacon était couvert d'une épaisse couche de poussière, ce qui pouvait justifier d'un usage bien ancien ; M. Jubiery le prend délicatement par le goulot, l'examine attentivement à la lumière.

— Qu'est-ce cela ? — demanda-t-il enfin, en désignant deux empreintes.

— C'est la marque de deux doigts très-minces.

— Oui, deux doigts de femme ou d'enfant.

— Jenny a pu prendre ce flacon par inadvertance : les enfants sont si terribles !

— Faites-la venir, je vous prie.

Oh ! comme il s'en veut d'avoir prononcé le nom de Jenny ! Mais l'homme de loi avait parlé, il n'y avait plus qu'à obéir ; du reste, M. Jubiery avait déjà sonné, et comme Esther arrivait en courant, à croire que le feu était à la maison :

— Dites à mademoiselle Jenny de venir ici ; j'ai à lui parler ! — dit-il d'un ton autoritaire.

Jenny arriva et raconta ce qu'elle savait, et

mise au pied du mur, elle avoua même que sa sœur n'avait pas voulu lui laisser voir ce flacon.

— Merci, mademoiselle ; demain, vous serez appelée à l'enquête.

— Ah ! Jenny ! malheureuse enfant ! — s'écria le docteur après le départ de M. Jubiery ; — vous ne vous doutez pas que vous venez peut-être de condamner votre sœur !

La première enquête ne donna aucun résultat, M. Pelgrinn, interrogé, raconta qu'il avait été trop troublé pour se faire une idée de l'expression des traits de M. Tranchard quand il l'avait vu mort. Pour Sibyl, il ne pouvait dire ce qu'elle était devenue ; ils devaient se marier le même jour, et, sur la demande qui lui fut faite si la jeune femme n'avait pas, dans l'espèce, subi une contrainte, il affirma avec aplomb que non.

Le valet de chambre était ivre ; on ne put rien en tirer.

Le docteur Fauthorpe eut des réponses plus positives, plus sérieuses.

— Veuillez nous dire quelle quantité d'acide prussique vous aviez chez vous ; vos livres doivent l'indiquer, comme préciser l'époque où vous vous l'êtes procuré ?

— Je pouvais en avoir deux onces ; je n'en ai employé qu'une faible partie pour une potion sédative ; quant à la date de mon achat, je ne m'en souviens pas et je n'ai pas gardé mes notes. Toutefois je reconnais qu'hier il m'en restait environ une once.

Que tirer de là ? La réponse était pleine de franchise ; elle ne résolvait rien, et, comme le fit observer un avocat, la question était de savoir si M. Tranchard était, oui ou non, mort par le poison ; après quoi, on rechercherait le coupable, s'il y avait lieu.

Jenny n'avait pas été appelée, à la grande satisfaction de son oncle ; quant à Sibyl, on n'en avait aucune nouvelle. Sir Wilford avait répondu qu'il ne savait rien. Mais M. Jubiery n'était pas resté inactif ; il connaissait l'heure exacte de son départ, la couleur du vêtement qu'elle portait ; il ne lui restait plus qu'à savoir où elle s'était réfugiée.

Le jury se transporta à Lancaster-Lodge pour examiner le corps ; simple formalité, puisque les experts avaient reconnu le cas d'empoisonnement ; puis l'enquête fut remise à huitaine.

Les funérailles furent superbes ; le deuil était conduit par le docteur Fauthorpe, M. Pelgrinn, le colonel Stormond et le docteur Milsand ; plusieurs magasins étaient fermés ; on aurait pu croire que la ville perdait un bienfaiteur. Les derniers devoirs furent rendus à cette dépouille mortelle qui, comme tout en ce monde, devait retourner à la poussière, avec un décorum grandiose. Puis une première pelletée de terre se fit entendre ; les fossoyeurs prenaient possession du mort. Les vivants n'avaient plus rien à faire ; ils se retirèrent en silence.

— Maintenant, — dit le colonel Stormond en se frottant les mains, — nous allons prendre connaissance du testament.

Mais quelle ne fut pas la stupéfaction géné-

rale, quand, en arrivant à Lancaster-Lodge,
Joël Pelgrinn dit :

— Messieurs, je suis vraiment désolé de la
déception que vous allez éprouver ; mais je dois
vous déclarer que M. Tranchard n'a pas fait de
testament.

— Un homme d'affaires ne meurt pas intestat !
— se récria le colonel Stormond. — C'est impossible !

— Colonel, là où il n'y a rien, le diable perd
ses droits.

— Ce n'est pas le moment de plaisanter,
M. Pelgrinn.

— Assurément. Mais, je vous le répète,
M. Tranchard n'a pas fait de testament. Il m'a
simplement remis une note, en me chargeant de
la lire aux parents et amis qui seraient rassem-
blés ici pour la lecture de son testament. Voici
ce document :

« Je ne fais pas de testament, car j'ai tout lieu
de présumer que je mourrai insolvable. Je n'ai
rien à léguer à mes parents et amis, à part des

15

billets à ordre que l'on tire sur la Providence.

« Ma maison d'affaires était près de crouler quand j'ai quitté l'Inde ; quoique cela, elle jouissait encore d'un assez haut crédit dans le monde commercial, et son papier se négociait aussi facilement que celui de la Banque d'Angleterre. J'avais encore dix mille livres quand j'ai quitté Calcutta, une réputation sans tache, un crédit illimité ; on me croyait immensément riche. J'avais calculé que ces dix mille livres me suffiraient pour soutenir mon crédit jusqu'à la fin de mon existence. Au moyen d'une forte somme déposée chez mon banquier et des ressources illimitées qu'on me supposait, je vivais dans une opulence princière, à l'aide de quelques chèques ; mais chaque année faisait une brèche irréparable à mon capital. Ma nièce Sibyl Fauthorpe s'est toujours bercée de fausses espérances, quoique aucune parole de moi n'ait pu lui faire entrevoir que je prendrais des dispositions en sa faveur. En résumé, si elle m'a procuré le plaisir de sa société, elle a, en retour, par-

ticipé à tous les avantages de ma position. Si,
après la liquidation de ma succession, il reste
encore quelque chose à mon actif, je le lègue à
mon ami Joël Pelgrinn; mais, dans la crainte du
contraire, je trouve superflu de donner à mes
dernières volontés le caractère solennel d'un
testament. »

CHAPITRE XXI

Après sa visite à M. Serudger, Alexis était
retourné près de Linda, pour l'informer du conseil de l'homme d'affaires au sujet de l'enfant.

— Pardonnez-moi, Linda ! — dit-il en la
voyant pleurer, — de vous rendre le mal pour le
bien ! Ah ! pourquoi ne pouvons-nous pas être
heureux tous les trois ensemble ? Près de lui, près
de vous, j'ai passé les meilleurs moments de mon
existence, et le monde pour moi n'est rien sans

vous ! Excusez l'aveu de mon amour, ma bien-
aimée.

En disant ces mots, il passait le bras autour
de la taille de la jeune fille qu'il attirait à lui,
oubliant tout, même les liens sacrés qui le
tenaient enchaîné; la jeune fille répondit par
un regard plein de reproches amers.

— Pardonnez-moi, Linda! Mais je rêvais au
bonheur qui aurait pu être. Pardonnez-moi
d'avoir voulu vous enlever Trott ! Que lui don-
nerais-je donc qui puisse valoir la sollicitude de
sa seconde mère? Gardez-le près de vous jusqu'au jour où vous vous sentirez la force et le
courage de vous en séparer.

Ils étaient tout aussi émus l'un que l'autre quand
ils se quittèrent; mais depuis, lui n'oublia jamais
le moment de vertige auquel il avait cédé. Il
pensait aussi au pauvre Richard, dont il avait si
mal plaidé la cause; il s'avouait qu'il avait été de
la plus noire ingratitude envers son meilleur ami.

Quelques jours après, il se rendit à Londres
pour se procurer une copie de son acte de ma-

riage. Nanti de cette pièce, le cœur tout enfiévré du souvenir de la première femme aimée, il courut chez son ancienne propriétaire, madame Bonny, qui le reçut rouge comme une pivoine.

— Ah! bonjour, monsieur Stormond (c'était le nom qu'il avait pris lorsqu'il habitait la maison). Je serai très-heureuse de causer un moment avec vous. Veuillez monter, je vous prie; vous vous rappelez le chemin, n'est-ce pas?

Certes oui, il le connaissait le chemin de cette chambre qu'il avait occupée pendant sa lune de miel. Mais que voit-il? Un corps est étendu sur un sofa. Est-ce possible? Oh! non, ce n'est pas un rêve! C'est Sibyl, pâle, anéantie, brisée! Ah! mon Dieu! Elle se relève brusquement, et se précipite dans ses bras :

— Mon bien-aimé, mon cher Alexis! qui vous a dit que j'étais ici? Mais pourquoi me regardez-vous d'un air si froid? Vous m'effrayez! N'êtes-vous pas venu pour me chercher?

Il l'avait repoussée doucement, en se rappelant son mensonge au sujet de la mort de son fils.

— Non ! je ne pensais pas vous y trouver.

— Le souvenir me rappelait ici ; vous m'aimiez à cette époque, et je suis revenue !

— Je vous croyais alors digne d'être aimée ! Entre l'amour et la fortune, vous avez opté pour celle-ci, et votre puissance ne va pas jusqu'à effacer le passé. Vous m'avez abandonné pour aller vivre dans l'opulence chez votre oncle Tranchard. Vous avez volontairement rompu les liens qui nous unissaient. Une fois, je vous ai proposé de les renouer ; votre refus m'a brisé le cœur, Sibyl, et aucun jugement de divorce ne nous séparerait plus complétement que nous ne le sommes aujourd'hui.

— Alexis ! — s'écria-t-elle avec désespoir ; — autrefois vous m'avez aimée ! Comment pouvez-vous être aujourd'hui si dur, si inexorable ?

— Pourquoi m'avez-vous dit que mon fils était mort quand il existe ? Pourquoi, après l'avoir soustrait à mon affection, l'avez-vous abandonné ?

— Que voulez-vous dire ? — s'écrie la malheureuse en le fixant avidement.

— Que mon fils vit et que je l'ai retrouvé.

— Vous êtes allé à Dorley-Mill?

— Oui; c'est là que vous l'avez abandonné pour courir après la fortune. J'aime à croire que vous avez atteint votre but?

— Mon oncle n'est pas mort et je ne possède rien, rien, pas même l'espérance, puisque vous ne m'aimez plus!

— Votre oncle n'est pas mort? Vous avez volontairement abandonné la chance d'hériter de sa fortune? Après notre entrevue à Lancaster-Lodge, je ne comprends plus.

— Je serais restée chez lui, s'il n'eût voulu s'arroger des droits inadmissibles. Il s'était mis en tête de me faire épouser un de ses amis de l'Inde. Le jour de la cérémonie était fixé, et je n'ai échappé qu'en prenant la fuite.

— Il est heureux que vous n'ayez pas poussé la condescendance pour votre oncle jusqu'à devenir bigame; la limite que vous vous imposiez était prudente. Et aujourd'hui, quels sont vos moyens d'existence?

— Quelques économies, puis quelques bijoux, en attendant que je trouve un emploi de gouvernante ou d'institutrice, si je trouve toutefois un ami qui veuille me servir de répondant! — ajouta-t-elle tristement.

— Mais pourquoi m'avoir dit que notre fils était mort?

— Ce trésor caché était mon unique planche de salut pour vous ramener à moi; car si vous dédaignez la fortune, si vous me repoussez, vous n'aurez jamais le courage de fermer votre cœur à cet innocent; et, en lui tendant les bras, j'espérais que vous ne refuseriez pas de confondre dans une même étreinte votre femme et votre fils, la mère et l'enfant.

— Vous êtes trop politique, Sibyl; vos calculs sont trop profonds; chez vous, l'orgueil tue le cœur.

— Ah! vous me trouvez hypocrite, dénaturée? Du moins ne me condamnez pas sans m'entendre; convenez qu'à force de lutter contre la misère, le courage s'use, la tendresse s'émousse;

souvenez-vous qu'en cherchant la fortune, je poursuivais l'idée de vous assurer une situation riche et indépendante. Tenez un peu compte des tortures morales que je me suis imposées depuis trois ans, et peut-être m'accorderez-vous pitié et pardon !

— Je ne puis vous les refuser ; je n'ai qu'à vous pardonner des fautes, et Dieu pardonne jusqu'aux crimes ! Mais ne me demandez jamais d'être dans l'avenir ce que j'ai été pour vous dans le passé.

— J'ai perdu votre amour ? Ah ! tout plutôt que cela ! Vous avez donc oublié, Alexis, que c'est vous qui m'avez appris à aimer ? Vous ne m'aimeriez plus ?

— Cette longue lutte entre l'espoir et le découragement a lassé mon cœur ; je n'ai plus d'amour pour vous, mais vous pouvez compter sur mon affection, mon dévouement, comme si vous n'aviez jamais eu de tort envers moi.

— Me laisserez-vous voir mon fils avant...

15.

Les sanglots l'empêchèrent d'achever sa phrase.

— Avant quoi? — demanda Alexis, qui commençait à s'effrayer de la pâleur de sa femme.

— Avant que je meure!

— Que vous mouriez? Non, vous avez encore bien des années pour oublier les privations que vous vous êtes imposées du côté du cœur, et jouir encore des tendresses maternelles.

— Que Dieu vous entende, Alexis! Merci de cet espoir! Mais je me crois gravement atteinte; j'ai tant souffert au physique et au moral!

Alexis était vaincu.

— Ma pauvre enfant! — dit-il en l'attirant sur lui avec un regard de pitié, — calmez-vous! Dieu! que vous êtes changée!

— J'ai perdu ma beauté! — dit-elle avec un sourire de tristesse; — je ne possédais qu'elle, et je n'ai rien gagné en retour.

— Non; mais vous retrouvez un mari qui désire et *peut* vous faire une douce existence.

Ne pleurez plus, ma pauvre enfant; revenez à moi comme je reviens à vous, sincèrement, loyalement. Vous n'avez plus à craindre la pauvreté, pas même la gêne; je ne suis plus le simple Alexis Secretan, mais bien le « squire de Chelswood Grange », pouvant offrir à sa femme, château, bijoux, chevaux, voitures, et à son fils, un bel héritage.

— Je ne comprends pas, Alexis.

— A Lancaster je n'ai pas voulu vous raconter ma nouvelle situation; je ne voulais avoir affaire qu'à votre cœur; mais il me semble que le moment est bien opportun pour vous emmener respirer le bon air du Stampshire, lequel ramènera bientôt de brillantes couleurs sur vos joues.

— Que vous êtes bon, mon ami! Ah je voudrais bien embrasser mon fils; j'ai peur de mourir avant de le voir.

— Rassurez-vous, Sibyl; nous arriverons à triompher de votre état anémique. Je vais chercher le docteur! A tout à l'heure!

En ouvrant la porte, il se trouve face à face avec un homme revêtu d'un uniforme gris auquel madame Bonny désignait du doigt la chambre de Sibyl.

— Cette pièce n'est pas à louer! — dit Alexis d'un ton brusque, en voulant fermer la porte; mais l'individu l'en empêcha et entra d'autorité dans la chambre.

— Je ne viens pas ici pour visiter un logement; au nom de la loi, je viens arrêter une jeune femme accusée de meurtre.

— De meurtre! — s'écrièrent à la fois Alexis, Sibyl et madame Bonny.

— Oui, elle est accusée d'avoir empoisonné son oncle M. Tranchard, squire de Lancaster-Lodge.

— Cet homme est fou! — s'écria Sibyl.

— Montrez-moi votre mandat.

L'homme déplia solennellement l'ordonnance.

— C'est en règle, mais vous cherchez Sibyl Fauthorpe, et vous parlez à madame Secretan, ma femme.

— Cette dame peut porter tel nom qu'il lui plaira; il ne s'agit pas moins d'elle; toute opposition et toute résistance seraient inutiles, je vous préviens.

— Ma femme est trop souffrante pour voyager.

— Comment est-elle donc venue de Readcastle à Londres? Ceci me regarde. J'ai une voiture! Suivez-moi, mademoiselle Fauthorpe, ou je devrai agir de rigueur.

— Que faire, mon Dieu? — s'écria Sibyl.

— Si vous croyez pouvoir supporter le trajet, — reprit Alexis; — je vous accompagnerai.

Ce à quoi asquiesça l'homme de loi d'un air assez maussade.

— Je ne vous abandonnerai pas, ma pauvre enfant! — reprit Alexis. — Vous êtes victime d'une erreur épouvantable.

— Mais quel jour est donc mort mon oncle? demanda Sibyl étourdie.

— Sa mort a coïncidé avec votre départ.

— Et c'est une mort subite?

— Foudroyante! L'autopsie a démontré qu'il avait été empoisonné avec de l'acide prussique.

— Ah! mon Dieu! mais j'en avais quelques gouttes dans un flacon que j'ai laissé à Lancaster-Lodge. Je me l'étais procuré pour mettre fin à mes jours, si je ne pouvais échapper à l'horrible sort qui me menaçait.

— Sachez alors que ce flacon a été retrouvé vide dans votre panier à ouvrage. Vous devez maintenant comprendre pourquoi et comment je suis ici.

Un moment après, la voiture emportait la pauvre malheureuse, qu'accompagnait son mari, dont la présence était supportée par l'homme de loi; et madame Bonny s'écriait en voyant filer le fiacre :

— Qui aurait jamais pu croire que mon domicile aurait été occupé par des gens de potence? Être arrivée à mon âge et voir la police envahir ma maison, quelle leçon!

Alexis fut charmant avec sa femme, aussi attentionné que si aucun nuage n'eût assombri

leur existence. Sibyl était victime d'une fausse
accusation, assurément; son devoir, son droit
était de la défendre; son innocence, il ne la mettait pas en doute. Il y avait là certes des coïnci-
dences frappantes; mais de là à la culpabilité,
il y avait loin. — Et quelle pouvait être l'horrible
machination qui l'enlaçait comme dans un filet
de fer? L'homme de loi paraissait même, en
dépit de son indifférence officielle, compatir au
chagrin de la pauvre Sibyl; comment aurait-il
pu lui tenir rigueur? Quel triste voyage jusqu'à
Readcastle! Mais arrivés là, la jeune femme dormait sur l'épaule de son mari; un bien triste
sommeil, tout de fatigue et rempli de soubresauts
nerveux : le sentiment et les nerfs se livraient un
rude combat sur ce corps affaibli. Il fallut la
réveiller; puis, on traversa toute la ville jusqu'à
la prison, dont le directeur était un ancien capitaine qui avait bien souvent rencontré Sibyl
chez lord Stormond, et ne comprenait rien à
l'accusation, tout en admettant une singulière
combinaison de circonstances. La dissimulation

de Sibyl indiquait du reste suffisamment une forte propension au mensonge et à l'astuce. Malgré cela, il dit à Alexis, lorsque la jeune femme eut été renfermée dans un cabinet médiocrement meublé, et qu'Alexis lui demandait l'autorisation de la voir :

— La règle n'est pas inflexible tant que l'instruction n'est pas close ; entre l'accusé et le coupable, il y a un abîme que ne peut franchir madame Secretan, j'en suis certain ; elle sortira indemne de toute participation au meurtre de M. Tranchard. Je vais vous conduire près d'elle.

— Son oncle Robert pourra-t-il la voir ?

— Quoiqu'il ne soit pas attaché au service médical de la maison, je lui donnerai toutes autorisations.

Quelques minutes après, ils entraient dans la cellule de la jeune femme, qui, d'une voix altérée, dit :

— N'êtes-vous pas surpris, capitaine, de me trouver ici ? Il me semble être chez un hôte qui ne m'a pas invitée.

— Et qui désire vous garder le moins longtemps possible.

— Donnez-moi donc des détails sur la mort
de mon oncle; est-il vrai qu'il a été empoisonné?

— Il n'y a pas à en douter; mais pourquoi
vous creuser la tête à ce sujet? Demain vous serez
appelée devant le coroner.

— Comme si j'étais coupable? mais c'est
affreux!

— Ma chère Sibyl, — dit Alexis effrayé de la
surexcitation de sa femme, — je vais aller chercher votre oncle, le docteur Fauthorpe.

— Oui, je vous en prie; il doit tout savoir,
tout connaître, y compris le testament.

— Ah, c'est vrai! — interrompit Alexis; —
qui donc hérite de M. Tranchard?

— Personne!

— Comment cela?

— M. Tranchard n'a pas fait de testament.

— Vous voulez dire qu'il a tout laissé aux
hôpitaux?

— Il n'a rien laissé du tout, et ses créanciers

ne toucheront pas cinq pour cent de leurs créances. Il avait établi son crédit à Readcastle avec quelques mille livres qui constituaient tout son avoir, et il est mort à peu près insolvable!

— Alexis! — s'écria Sibyl, — comme j'ai été trompée par le mirage du luxe! Que pensez-vous de tout ceci?

— Que les songes dorés ne sont que du creux, et que les années envolées ne reviennent jamais.

En sortant de là, Alexis s'empressa d'écrire à un avocat, un de ses amis, pour lui demander conseil. Puis il se rendit chez le docteur Fauthorpe, où Maria et Jenny, appuyées à la fenêtre, se livraient à une longue dissertation. La première avançait que la vertu était un vain mot, le dévouement une duperie et l'espérance une illusion; ce à quoi Jenny répondait :

— La déception de Sibyl est bien plus grande que la nôtre, et ce malheureux flacon sera une arme dangereuse contre elle. Tiens, mais... c'est lui! Oh! c'est bien lui! — dit-elle en se penchant à la fenêtre.

— Lui ! qui ? lui ?

— Notre beau-frère !

— Mais voyons, tu es folle !

Jenny, qui a retrouvé son sang-froid, riposte :

— C'est un client qui vient en consultation.

C'était bien Alexis. Il fut introduit vers l'oncle Robert, auquel il exposa le but de sa visite, non sans avoir préalablement décliné ses nom, prénoms et qualités, et qui enfin s'écria :

— Comment a-t-elle pu me tromper de la sorte ?

— Ce n'est pas vous qu'elle voulait tromper, mais bien son oncle Tranchard, lequel avait voué à mon nom une haine implacable. Votre nièce, ma femme, s'est embarquée bien à la légère dans une entreprise fatale ; mais j'ai tout oublié depuis qu'elle est dans le malheur ; son infortune a cicatrisé la blessure de mon cœur et lui a rendu tout mon amour. Hier, ma chère Sibyl a été arrêtée sous l'inculpation de meurtre sur la personne de M. Tranchard, et conduite à la prison de Readcastle, où elle est en ce moment ; je viens vous prier d'aller l'y voir et lui donner vos soins.

Le docteur se leva et retomba sur son siége, abasourdi.

— Quel coup! — s'écria-t-il. — Oh! j'en mourrai!

— Prenez courage, au contraire; aidez-moi à éclaircir le mystère de ce meurtre et à rassembler tous les éléments de défense en faveur de Sibyl. Dieu aidant, nous arriverons à prouver son innocence et à démasquer l'imposture du coupable.

— Sur quoi s'appuie l'accusation?

— Sur un flacon vide dégageant une forte odeur d'acide prussique qui a été trouvé dans son panier à ouvrage.

— C'est impossible! La quantité renfermée dans ce flacon aurait déterminé une mort si foudroyante qu'on aurait retrouvé le flacon dans les mains crispées de M. Tranchard! Dans le panier à ouvrage de Sibyl, c'est impossible!

— Nous finirons bien par savoir qui l'a placé là; un assassin est seul capable de cela, pour donner le change à la justice.

— Il faudrait d'autres indices ; mais l'opulent étranger qui depuis quelque temps avait élu domicile chez M. Tranchard, Joël Pelgrinn, et son valet de chambre ne donnent donc aucune prise aux soupçons ?

— Quel intérêt auraient-ils eu à commettre ce crime ?

— L'espoir de faire main basse sur l'argent de M. Tranchard, — dit le docteur ; puis il ajouta : — Mais la disparition fortuite de Sibyl, n'est-ce pas une terrible charge contre elle ?

— Oh ! non, sa fuite peut être considérée comme une preuve en sa faveur, car on ne peut admettre que le vrai coupable aille ainsi donner l'éveil à la justice.

— Dieu le veuille ! — s'écria le bon docteur. — De ce pas je vais aller la voir !

Un moment après, il se présentait à la prison de Readcastle, muni de l'autorisation nécessaire pour voir la prisonnière.

De son côté, Alexis, bien résolu à approfondir le mystère, se dirigeait vers Lancaster-Lodge.

Il voulait savoir s'il y avait communication entre la chambre qu'occupait sa femme et celle de M. Tranchard. Tout le mobilier était en vente. Il se présenta comme acquéreur de tableaux, et, tout en glissant quelques louis dans la main du valet de chambre qui se trouvait chez le concierge, il ajouta que, voyageant, il n'avait que quelques heures à passer à Readcastle et ne pouvait attendre le jour de l'exposition publique. Sur quoi, on lui fit visiter le salon, la salle à manger, le billard. Puis il demanda à voir la chambre de M. Tranchard.

— Ce n'est pas en simple curieux? — demanda la femme de charge.

— Non, mais je sais que M. Tranchard avait de fort belles toiles que je désire voir.

Tout en disant cela, il glissait un demi-souverain dans la main de la bonne femme. C'était un argument irrésistible. La porte fut ouverte tout de suite ; les meubles étaient déjà numérotés, étiquetés. Alexis jeta un coup d'œil circulaire.

— Mais il y a une seconde porte? — dit-il en regardant à la tête du lit.

— Oui, monsieur.

— N'était-elle pas fermée au verrou?

— Jamais, monsieur; c'était par là que passait le valet de chambre pour apporter les potions de son maître. Voyez, du reste, — ajoute-t-elle en ouvrant la porte qui donne accès dans un couloir où il n'y a que deux autres portes; l'une donne dans la chambre de M. Pelgrinn, et l'autre s'ouvre sur une galerie qui donne accès dans le grand escalier.

La chambre de M. Tranchard était donc d'un accès aussi facile pour M. Pelgrinn que pour le domestique qui avait son cabinet là. Arrivé dans la chambre de Sibyl, il acquiert la conviction que, puisque la porte de celle de M. Tranchard donnant sur le grand escalier était fermée au verrou la veille de sa mort, Sibyl n'avait pu pénétrer chez son oncle qu'en descendant le grand escalier, et en passant par une porte qui, au dire de la femme de charge,

était toujours fermée à dix heures; et de plus,
elle en avait la clef dans sa poche! Il devenait
donc évident que Sibyl ne pouvait, la nuit, pénétrer dans la chambre de son oncle, laquelle
cependant était accessible aussi bien à Joël qu'au
valet de chambre. La chose devenait indéniable;
mais rien ne prouvait que M. Tranchard ne
s'était pas empoisonné lui-même. D'un autre
côté, il était inadmissible que Podmore ne s'en
fût pas aperçu, à moins qu'il ne fût en complet
état d'ivresse. Sur la question d'Alexis à ce sujet,
madame Skinners répondit:

— Jusqu'à la mort de son maître, Podmore
était d'une sobriété exemplaire; mais depuis
cet événement fatal, on ne le reconnaît plus; il
paraît en proie à une idée fixe qu'il voudrait
chasser, sans y parvenir.

— Croit-on que M. Tranchard avait de
l'argent chez lui?

— Je n'en sais rien, mais je ne le crois pas;
il ne payait jamais qu'avec des chèques, même
les gages de ses serviteurs.

— Il n'avait pas de bijoux?

— Je ne lui ai jamais vu ni une bague ni une chaîne d'or ; sa montre était retenue par un cordon de soie. Mais il y a une circonstance qui m'a beaucoup frappée.

— Ah!

— La veille de la mort de M. Tranchard, vers dix heures, je montais l'escalier de service ; la porte de la chambre donnant sur le palier était ouverte, et j'entendis monsieur qui disait d'un ton d'autorité à M. Pelgrinn : « Joël, souvenez-vous qu'il me faut dix mille livres d'ici demain matin neuf heures, et que votre mariage n'aura lieu qu'à ce prix ! »

C'était une révélation ! Il n'y avait plus de doute pour Alexis. Joël Pelgrinn était l'auteur du crime, et Podmore en était tout au plus le complice !

— Savez-vous, — demanda Alexis, — où est M. Pelgrinn ?

— Oui, monsieur ; il est installé en ce moment à l'hôtel de la poste.

— C'est là que je suis descendu.

Alexis retourna à son hôtel ; il en savait suffisamment. Son ami, M. Lavison, avocat, l'attendait. Ils s'enfermèrent ensemble ; une longue conversation eut lieu. Alexis n'eut garde d'oublier la phrase qu'avait entendue madame Skinners, l'assaisonnant de cette question :

— Doutez-vous encore de la culpabilité de Joël Pelgrinn?

— Il y a de fortes présomptions, mais aucune certitude. Sa présence ici serait une imprudence s'il était coupable ! Et si c'est un rôle qu'il s'est donné pour déjouer les soupçons, cela ne plaide pas en sa faveur. S'il est vrai que l'intérêt est le mobile exclusif des crimes, nous découvrirons bien vite assurément l'auteur de celui-ci.

Puis, l'homme fit cette réflexion :

— Pourquoi, n'est-il pas parti pour les Indes?

— Pour donner le change à la justice !

— C'est une arme à deux tranchants bien dangereuse à manier.

— Tenez, monsieur Lavison, permettez-moi

de vous le dire, je ne m'explique pas vos tempo-
risations à l'égard de ce monsieur.

— Un homme d'expérience réserve toujours
son jugement, monsieur Secretan ; attendons l'enquête. D'ici là, il peut se produire un incident,
une révélation ; nous devons être prudents.

Les deux amis dînèrent ensemble, non sans
encore discuter sur la mystérieuse affaire ; mais
ils convinrent de garder le plus profond secret
jusqu'au lendemain, qui était le jour fixé pour la
continuation de l'enquête.

Toute la société des environs était réunie là ;
il y avait bien de quoi exciter la curiosité des
auditeurs. Pourquoi, en effet, s'écarter du droit
chemin quand on est riche et puissant ? Pourquoi
avoir caché son mariage ? On regarde Alexis
presque avec malveillance.

Joël Pelgrinn fut le premier témoin appelé.

— A quelle heure avez-vous parlé à M. Tranchard pour la dernière fois ?

— A dix heures du soir, la veille de sa mort.

— N'aviez-vous pas accès près de lui à toutes

les heures de la nuit? — demanda M. Lavison.

— Suis-je ici pour répondre à vos interpella-
tions ou aux questions du coroner? — demanda
Pelgrinn d'un ton insolent.

— J'ai le droit d'employer tous les moyens
en mon pouvoir pour éclairer la religion du
jury.

— Qu'entendez-vous par ces mots : *avoir
accès?* La porte de M. Tranchard était fermée
au verrou; il existe bien une seconde porte,
mais donnant sur un escalier de service à l'usage
exclusif de Podmore.

— Mais vous-même ne le preniez-vous pas
pour aller la nuit chez M. Tranchard?

— Jamais!

— La veille de la mort de M. Tranchard,
n'avez-vous pas parlé avec lui d'une importante
affaire financière? Cette conversation a, du reste,
été entendue par une personne dont j'invoquerai
tout à l'heure le témoignage. La porte de M. Tranchard était restée entr'ouverte, ce qui a permis
de tout entendre sans écouter!

A ces mots, Pelgrinn porta vivement la main à ses yeux, et son teint, tout olivâtre qu'il fût, n'en eut pas moins des rougeurs et des pâleurs incompréhensibles.

— Je ne me rappelle pas particulièrement cette conversation ! — dit-il après avoir repris son calme habituel ; — presque toujours nous parlions affaires avec M. Tranchard.

— Une partie du capital de M. Tranchard n'était-il pas engagé dans vos affaires, au moment de sa mort ?

— M. Tranchard avait retiré tous ses capitaux des affaires en quittant Calcutta. D'ailleurs, tout cela est absolument étranger à l'accusation de meurtre, et rien ne m'oblige à répondre à ces questions.

— Si, monsieur, les experts ont conclu à l'empoisonnement ; la justice doit rechercher maintenant l'auteur du crime.

Le crédit dont jouit M. Lavison, son autorité est si grande que le coroner n'a garde de protester contre sa manière d'agir, qui, du reste,

16.

ne peut que l'aider à compléter l'enquête et à démasquer le coupable.

— Levez-vous! — dit ensuite le coroner à Podmore, qui répète à peu près sa première déposition.

Puis ce fut le tour de Jenny Fauthorpe. La pauvre enfant, tout émue, et après un long regard d'impuissance vers sa sœur Sibyl, raconta ce qu'elle savait, ce qu'elle avait dit déjà à Alexis, mais en ajoutant que sa conviction intime, même sous la foi du serment, était que sa sœur voulait se suicider, et était bien loin d'attenter aux jours de M. Tranchard.

— J'aime à croire, — se récria Joël, — que ces propos enfantins ne peuvent être pris au sérieux.

— La vérité peut sortir de la bouche des enfants! — repartit le coroner. — Laissez parler mademoiselle Jenny, je vous prie.

— Sibyl, — poursuivit-elle, — était désolée que son oncle l'obligeât à épouser monsieur!

Et elle désigna du doigt Joël Pelgrinn.

— Nommez la personne que vous voulez
désigner?

— M. Joël Pelgrinn! Ma sœur ne pouvait le
souffrir; l'eût-elle aimé même, elle n'aurait pu
l'épouser, puisqu'elle est mariée, et depuis longtemps.

— Ainsi, vous êtes persuadée que votre sœur
avait pris ce poison pour mettre fin à ses jours?

— La situation devenait épouvantable. Elle
n'avait d'autre alternative que le suicide ou la
fuite! Ah! pauvre Sibyl! — ajouta-t-elle en
sanglotant.

L'enquête fut de nouveau ajournée; mais cette
fois les habitants de Readcast le avaient à discuter
les possibilités d'une condamnation ou d'un
acquittement sur Sibyl, Podmore et Joël Pelgrinn; il y avait là de quoi défrayer bien des
veillées.

— Eh bien! — dit Alexis à M. Lavison, en
sortant de l'audience, — y a-t-il lieu maintenant
de se méprendre sur l'auteur du crime? Les présomptions ne sont-elles pas accablantes?

— Il résulte des faits établis que M. Tranchard voulait soutirer une très-grosse somme à Pelgrinn, que celui-ci était sous la coupe de M. Tranchard, et que, incapable de se procurer la somme demandée, Joël a eu recours au poison pour sortir des difficultés où il se trouvait.

— Mais comment n'a-t-il pas réfléchi aux conséquences de ce crime?

— Ayant toujours vécu aux Indes, il ignorait sans doute que la loi exigeait une enquête; puis, il pouvait supposer qu'on attribuerait cette mort à un suicide, et il avait la ressource de jeter d'infâmes soupçons sur votre femme.

— Comment cela?

— Madame Secretan m'a dit qu'un jour où Joël lui avait déclaré son amour en termes trop passionnés, elle lui avait montré le flacon d'acide prussique, disant qu'elle le boirait en entier plutôt que de recevoir de lui un baiser; c'est ce même flacon que Joël a remis dans le panier à ouvrage après avoir commis le crime.

— Podmore n'en serait-il pas l'auteur?

— Non ! J'ai étudié le caractère de ces deux hommes, et sur eux mon opinion est faite.

— Que faire, si Pelgrinn prenait la fuite?

— Nous n'avons pas à craindre cela ; j'ai un agent qui le surveille, et je vous affirme qu'il ne nous échappera pas. Allons dîner maintenant. J'ai une faim de cannibale et, comme Titus, je dirais que j'ai bien gagné ma journée, et surtout le droit de faire honneur à un bon dîner.

Ce n'était pas le cas d'Alexis ; il avait l'esprit trop bourrelé pour songer à son estomac ; et pendant que son ami Lavison dégustait un superbe morceau de filet, lui, lisait son courrier. Entre autres lettres, il aperçut une enveloppe dont la suscription était de Richard ; il l'ouvrit précipitamment : elle renfermait un autre petit billet tout parfumé qui sentait son origine féminine ; malgré lui, ce fut le premier qu'il lut.

« Monsieur Secretan,

« J'ai enfin pris mon grand parti, mon grand courage ! Qu'aurais-je gagné à attendre? Je

m'attachais de plus en plus à celui que la Pro‑
vidence m'avait confié ; mon devoir exige que
je le rende à son père, à son meilleur protec‑
teur. Mais, pour me distraire, pour cicatriser la
blessure que cette restitution me fait au cœur,
je pars pour le midi de la France ; les voyages
sont la seule consolation des affligés. Ne me
refusez pas de temps à autre des nouvelles de
mon bébé aimé ! Adieu ! aimez-le pour vous et
pour moi, qui suis heureuse de me dire :

    « Votre sincère amie,

                    « LINDA. »

La lettre de Richard disait :

    « MON CHER AMI,

    « La Grange possède depuis hier son jeune
maître ; le gamin est en bonne santé, tout le
monde est à ses pieds, moi le premier, ce qui
ne l'empêche de réclamer Linda Chalier, les
chiens, les chats de Dorley-Mill à toute minute.
J'ai réussi, non sans peine, à lui procurer un
poney lilliputien. Tout va assez bien quand il est

dessus; mais une fois descendu, c'est Dorley-Mill par ci, Dorley-Mill par là. Ma foi, mon ami, il me tarde que vous soyez ici! Linda Chalier est partie pour le continent; mais peut-être vous le dit-elle dans le mot ci-joint, que vous avez certes lu avant le mien, ne serait-ce que par politesse.

« Tout à vous.

« RICHARD. »

Alexis plia les deux lettres et les enferma soigneusement dans son portefeuille : c'était la fin de l'idylle charmante commencée à Dorley-Mill.

CHAPITRE XXII

Aussitôt après le dîner, Alexis se rendit à la prison, non pas pour communiquer à Sibyl les deux lettres qui concernaient William; il ne voulait pas que le nom de ce cher innocent fût

souillé par l'écho des murs d'une prison. Le
règlement ne lui permit pas de rester bien longtemps : il fit part à sa femme des circonstances
nouvelles résultant de l'enquête, lesquelles étaient
complétement en sa faveur.

A neuf heures du soir, il quittait la prison;
son chemin le forçait à passer devant Lancaster-
Lodge. Arrivé là, quelle ne fut pas sa stupéfaction de voir un fiacre chargé de malles et sta-
tionnant dans la cour. Ah! certes, il avait un
intérêt trop grand à savoir qui partait ainsi de
Lancaster-Lodge, et à la nuit surtout! Aussi,
malgré l'heure indue, il n'hésita pas à s'adresser
au concierge, qui lui répondit :

— C'est Podmore, sa femme et son enfant;
on m'a dit qu'il allait s'établir à Liverpool avec
sa famille.

— Savez-vous à quelle heure part le train?

— A neuf heures et demie.

Alexis ne fit qu'un bond jusqu'à la gare. Il
était temps; le train donnait son coup de sifflet!
Il se précipita dans un compartiment, s'installa

dans un coin bien isolé, plongé dans des rêveries de toutes sortes. A Krampton, on changeait
de train ; il aperçut Podmore, qui se promenait
sur le quai comme une âme en peine. Le laissant
de côté, il envoya immédiatement ce télégramme
à Lavison :

« Podmore en route pour Liverpool ; je mettrai la main sur lui dès que je pourrai.

« ALEXIS. »

A minuit, le train arrivait en gare de Liverpool. Podmore, tout en faisant la vérification de
ses colis, demanda à un des employés à quelle
heure le vapeur *le Koromolko* levait l'ancre ; il
lui tardait de mettre l'Océan entre l'Angleterre
et lui.

— Demain matin à l'aube !

Sur cette réponse, Podmore entraîna tout son
monde à la buvette, où il fit choix d'une table.
A peine étaient-ils tous installés qu'Alexis,
venant s'asseoir sans façon près de lui, cria
d'une voix haute et retentissante :

17

— Du café pour quatre !

Puis il ajouta en s'adressant à Podmore abasourdi :

— Pourquoi donc avez-vous quitté Readcastle
à la sourdine ?

— J'avais mes raisons, et je ne vois pas en
quoi mes affaires vous regardent !

— Calmez-vous ! — riposta Alexis en posant
avec autorité et énergie la main sur le bras de
Podmore. — Veuillez répondre à mes questions,
ou sinon... — Et d'un geste énergique il le
domine. — Parlez ! il le faut.

— J'ai reçu des propositions très-avantageuses
qui m'ont décidé à émigrer.

— Sachez qu'avant de mettre votre projet à
exécution, il vous faut m'aider à prouver l'innocence de ma femme, injustement soupçonnée de
l'assassinat de M. Tranchard. Je vous revaudrai
cela, vous ne perdrez rien, je vous l'affirme.

— Il vaut mieux tenir que courir, et moi
je m'en tiens à l'ami qui a payé notre passage
pour l'Amérique.

— Ah! je comprends! vous êtes l'agent sala-
rié de M. Joël Pelgrinn, et actuellement il paye
votre silence, comme il a payé probablement
votre complicité?

— Moi, monsieur, je suis aussi innocent du
crime que l'enfant qui vient de naître! Il n'y a
jamais eu rien de répréhensible dans mes actions.

— Pour moi, je ne vous crois pas, et si vous
ne me dites pas la vérité, ou du moins si vous
ne vous engagez pas à faire des révélations com-
plètes, je vous fais arrêter séance tenante.

— Mais quel avantage y trouverai-je? —
demanda l'autre, presque avec cynisme. — Que
me donnerez-vous?

— Cinq cents livres sterling.

— Alors je renonce à émigrer pour le moment.

Une heure après, M. Secretan et Podmore
reprenaient la direction de Readcastle, où ils
descendirent incognito chez le docteur Fauthorpe; et, quand l'enquête fut reprise le lendemain, on ignorait leur retour. Joël Pelgrinn
passait à l'hôtel de la poste une vie paraissant

exempte de tous soucis, jouant presque tous les
soirs au billard avec Frédéric Stormond, qui, lui,
penche à croire à l'innocence de Sibyl, tandis
que son partenaire essaye de le détourner de
cette croyance.

Le jour de la continuation de l'enquête, ils
étaient assis l'un à côté de l'autre à l'ouverture
de l'audience. On appela madame Skinners, la
femme de charge.

— Ne prépariez-vous pas vous-même les potions et tisanes de votre maître? — lui demanda
le coroner.

— Si, monsieur, et pour cela j'avais un appa-
reil qui ne sortait jamais de ma chambre.

— Êtes-vous certaine de n'avoir jamais employé d'essence d'huile d'amandes amères dans
les boissons ou aliments que vous avez préparés
pour M. Tranchard?

— J'en suis absolument sûre; il n'y en avait
pas une goutte à la maison.

— Où était votre chambre?

— Sur le même palier que celle de M. Podmore.

— N'avez-vous rien remarqué, rien entendu d'extraordinaire dans la nuit du 23 juin?

— Cinq heures venaient de sonner quand j'ai entendu Podmore remonter l'escalier d'un pas aussi lourd que s'il eût porté le monde sur ses épaules. Il poussa un gémissement en retombant sur son lit. Je lui demandai le lendemain matin s'il avait été malade; il me répondit qu'il avait eu des spasmes.

— Ne vous rappelez-vous rien autre chose?

— Non, monsieur.

— Vous ne vous rappelez pas avoir entendu une conversation entre M. Pelgrinn et M. Tranchard, la veille de la mort de ce dernier.

— Si, monsieur, parfaitement.

— Le témoignage de gens qui écoutent aux portes ne saurait être, je pense, d'aucun poids! — se récria Joël avec vivacité. — Les espions ne sauraient être des témoins.

— Quelle était cette conversation? — reprit le coroner.

— Je l'ai entendue sans écouter aux portes!

— dit la brave femme en se retournant du côté de M. Joël avec dignité. Puis elle raconta l'entretien de M. Pelgrinn et de M. Tranchard.

— C'est un abominable mensonge ! — se récria Joël avec emportement.

— Monsieur Pelgrinn, je ne puis tolérer un langage pareil ! — riposta le coroner.

— La déposition du prochain témoin vous obligera peut-être à plus de réserve ! — reprit M. Lavison en s'adressant directement à Joël, qui se leva pour voir ce nouveau témoin.

Quoi ! c'est Podmore ! Podmore, qu'il croyait parti pour l'Amérique ! Ah ! cette fois, tout l'auditoire était anxieux ; la déposition ne pouvait être qu'importante et intéressante. Joël, lui, était abasourdi ; il fixait des yeux d'hyène sur le témoin, qui faisait semblant de ne pas le voir.

— Messieurs, — dit Podmore avec émotion, — depuis ma dernière déposition, ma conscience révoltée m'a dicté mon devoir, et je viens aujourd'hui réparer mes torts en disant la vérité.

— Cet homme est ivre ! — s'écria Joël.

— Et moi j'affirme qu'il ne l'est pas ! — riposta Lavison.

— Messieurs, le 23 juin, je me réveillai à cinq heures, au lieu de quatre, pour donner la potion à mon maître ; je descendis. Le calme le plus parfait régnait dans la maison ; je remarquai alors que la porte du vestibule était restée ouverte. J'en conclus que M. Pelgrinn était allé voir si M. Tranchard avait bien passé la nuit, et je pensai qu'il lui avait sans doute donné sa potion. Je restai frappé de stupeur à la porte ; M. Tranchard était assis sur son lit ; M. Pelgrinn déboucha une bouteille d'eau de Seltz, en remplit un verre, puis versa dedans le contenu d'un petit flacon. M. Tranchard avala ce liquide d'un trait. Au même moment, il poussa un cri déchirant et il retomba sur son oreiller, rouge, violet, comme s'il étouffait. Je me précipitai vers lui cherchant à le relever ; je le croyais frappé d'apoplexie foudroyante ; mais en m'approchant de

lui, j'aspirai une forte odeur d'amandes amères ;
c'était, à n'en pas douter, de l'acide prussique.

« — Qu'avez-vous donné à M. Tranchard? »
m'écriai-je. Il ne répondit pas. « — Vous l'avez
tué! » repris-je. « — Au lieu de chloral, je lui ai
donné, par erreur, de l'acide prussique! » me
répondit-il ; « je me suis trompé de flacon, en
cherchant dans la petite pharmacie de M. Tranchard.

— Mensonge! mensonge! trois fois mensonge! — cria Pelgrinn blême comme un con-
damné que l'on mène au gibet.

— N'avez-vous pas reçu une forte somme de
M. Pelgrinn pour ne pas faire cette déposition?

— Si, monsieur ; il a payé mon passage et
celui de ma famille à bord d'un steamer qui
devait nous transporter en Amérique.

— Vous n'avez rien à ajouter?

— Non, monsieur, rien.

La séance fut levée. Chacun se disposait à
sortir ; mais quand M. Joël Pelgrinn se présenta
à la porte, un policeman l'arrêta au nom de la

loi, sous l'inculpation d'assassinat sur la personne de M. Tranchard.

— C'est une infamie ! c'est une imposture ! —
criait-il. — Il faut d'autres preuves pour porter
une accusation aussi grave.

Malgré ses protestations, il n'en fut pas moins
écroué à la prison de Lancaster ; le lendemain il
subissait un autre interrogatoire. Il essaya bien
d'inventer un système de corruption organisé
en faveur de Sibyl, cherchant même à faire
mettre en doute la déposition des deux derniers
témoins, dont il alla jusqu'à attaquer la bonne
foi. Rien n'y fit ; l'innocence de Sibyl était bien
démontrée, et sa mise en liberté fut signée.
Pour lui, il ne lui restait plus qu'à attendre sa
comparution devant le tribunal, pour assassinat
commis à l'aide de substances vénéneuses sur la
personne de M. Tranchard, ce qui était absolument prouvé.

La mise en liberté de Sibyl fit une profonde
sensation dans le pays, et amena un revirement
d'opinion ; toutes les sympathies étaient pour

elle. Quant à Joël Pelgrinn, quel misérable! Et encore on ne savait peut-être pas tout! Aussi que de commentaires sur son compte! Qui était-il? d'où venait-il? Toutes questions que l'on aurait bien pu se faire plus tôt cependant. Une dernière surprise était réservée aux paisibles habitants de Lancaster; car le lendemain on le trouva dans sa cellule baigné dans son sang. Il s'était ouvert les veines avec un petit canif qu'il avait soigneusement dissimulé. La justice des hommes n'avait plus qu'à laisser faire la justice de Dieu.

Une lettre écrite par ce malheureux contenait en quelques mots le récit de sa triste vie.

« Que peut avoir à craindre celui qui n'a plus que quelques heures à vivre?

« J'appartiens déjà à l'autre monde.

« Vous voulez savoir qui je suis? Apprenez-le donc!

« Je suis le fils d'Étienne Tranchard et d'une danseuse indienne. Mon père n'a jamais voulu légitimer cette liaison, pas plus que ma naissance; néanmoins il m'associa à ses affaires. Des spéculations très-hasardeuses sur l'opium et l'indigo nous ont souvent fait passer brusquement de la gêne à l'opulence. Quand mon père vint s'établir en Angleterre, nous marchions à grands pas vers la ruine : la somme de dix mille livres, qu'il retira de notre fonds commercial, diminua considérablement mes ressources.

« Une entreprise malheureuse, élaborée par moi, entama légèrement la réputation de ma maison; je me décidai à mon tour à quitter les Indes. Je pensais que mon père, par son habileté et son expérience, saurait m'aider à sortir de ce mauvais pas, et que je pourrais réparer le passé.

« C'est alors que je vis Sibyl; je l'aimai. Mon père, à qui je devais une très-forte somme, spécula sur ma passion et, en échange de la main de Sibyl, je m'engageai à lui payer une somme fabuleuse, avant le jour fixé pour le mariage; il m'avait menacé de faire déclarer la maison

Joël Pelgrinn en faillite. Je n'ai rien à dire de
la mort violente de mon père ; j'abandonne ce
sujet aux méditations de l'école qui se livre à
l'étude des mystères de l'humanité. »

Ce suicide était le dénoûment de cette longue
tragédie. Quelque temps il fit l'objet de toutes
les conversations dans les veillées de famille ;
puis peu à peu l'intérêt s'éteignit. Dans ce monde,
toute chose s'use, et bientôt le nom de Joël
Pelgrinn était oublié : c'est à peine si l'on
parlait de son crime comme d'une légende.

ÉPILOGUE

Sibyl et Alexis s'étaient retirés dans la belle
propriété de La Grange, où ce dernier essayait,
mais en vain, de ramener de fraîches couleurs
sur les joues de sa femme. Il la voyait dépérir de
jour en jour. Belle fleur, elle s'étiolait comme

une rose au déclin du jour, lorsque le soleil ne vient plus la caresser de sa chaleur vivifiante. Les hommes de l'art ne savaient plus que penser, que dire.

Las enfin, hors de lui, Alexis, un jour qu'elle était pâle à réjouir la Mort, se résolut à la questionner.

— Ma toute belle, vous n'êtes donc pas heureuse? Avouez, cependant, que j'ai fait tout le possible pour votre bonheur.

— Oui, mon ami; mais depuis le jour où vous m'avez dit, chez madame Bonny, que vous me retiriez votre tendresse, je souffre et je meurs de chagrin!

— Oh! Sibyl, cet amour mal éteint s'est ravivé. Je vous aime plus que jamais et je veux que vous viviez, pour moi, pour notre enfant!

— Je ne demande qu'à vous écouter, à vous entendre, à vous croire, et si mon cœur se guérit, je reviendrai bien vite à la vie. Ah! si vous saviez combien je vous aime! J'ai bien souffert! C'était pour vous.

En effet, peu à peu elle recouvra la santé, la
force, la beauté même. Les médecins n'y com-
prenaient plus rien; tous leurs diagnostics tom-
baient à l'eau! C'est que l'amour est un médecin
de nature qui n'a pas besoin du doctorat! Du
reste, il se dédoublait dans la circonstance, et
usait de toutes ses armes : l'affection de la
femme aimée, et l'affection maternelle. C'est
qu'il était bien beau, ce chérubin avec ses cheveux bouclés, ses espiégleries même. Et s'il y
avait dû avoir dispute entre le mari et la femme,
ce n'eût été que pour savoir qui aurait les premières caresses de ce petit despote.

Un jour, après un long silence incompréhensible, Alexis reçut de son ami la lettre suivante :

« Mon ami,

« J'ai pris part autrefois à vos chagrins, aujour-
d'hui je vous invite à prendre part à ma joie :
J'épouse dans quelques jours Linda Chalier, que
j'aime, vous savez combien, et qui me le rend

largement. Je ne m'explique pas encore bien
comment j'ai osé lui avouer mon amour et
demander sa main ; en voilà de l'audace ! Je
suis si enivré de mon bonheur que je finis par
douter de moi-même. Néanmoins, croyez que je
n'oublie pas et n'oublierai jamais que je vous
suis tout dévoué.

    « Votre ami,

                « RICHARD. »

Chaque jour affermit de plus en plus l'amour
d'Alexis et de Sibyl. Ils oublièrent bien vite en
s'aimant les douloureuses épreuves du passé,
pour ne plus songer qu'aux joies du présent et
aux espérances de l'avenir. Ils s'oublient dans
des promenades interminables au milieu des
montagnes ; car ce sont des marcheurs intré-
pides, guidés par le phare de l'amour.

Parfois, Sibyl disait à son mari :

— Ne trouvez-vous pas que notre histoire
rappelle beaucoup la fable de l'homme qui court
après la fortune, et de celui qui l'attend dans
son lit ?...

— C'est vrai! Et quelle est la moralité de cette fable? — dit-il en la regardant tendrement.

— C'est qu'on ne doit jamais louvoyer entre l'amour et la fortune! — répondit-elle dans un long baiser.

FIN.

PARIS. TYP. DE E. PLON, NOURRIT ET Cie, RUE GARANCIÈRE, 8.